河出文庫

でもいいの

佐野洋子

河出書房新社

目次

でもいいの

口紅

子供の頃、母が化粧しはじめると私は側《そば》に行かずにいられなかった。

私は何をしていてもわくわくと鏡台の前で鏡をにらみつけている母の横にへばりついた。母は唇《くちびる》を口の中にしまってパタパタと粉おしろいをつけた。

母は一心不乱に見え、一心不乱であるから私のことなどふりむきもしなかった。

粉おしろいをつけ終わると母は再び唇を口の中からとり出した。

そしてさらに顔を鏡に近づけて、顔を鏡の中でゆっくり回して点検した。

それから丸くて小さなはけを出すと、ほほ紅の容器の中をくるくるかきまわし、私にはその素早やさが人わざとは思えなかった。母はほっぺたをうす桃色にし、それからまぶたの上もうすもも色にした。まぶたの上が薄桃色になると母はやさしく泣いた人のように見えた。

そこまで来ると、私は胸がどきどきして息をつめた。

やるぞ、やるぞ。

母は黒い口紅の入れ物のふたをとると小指の先に口紅をつけ上唇をエーというときの形にしてぬりつける。そしてまた唇を口の中にしまい、見えない唇をわずかに口の中でこすり合わせる、そして突然〝ン・パッ〟と唇を開くと下唇も赤くなっていた。

やったやった。

そして鏡に向かってニィーッと笑うのである。

私は母がニィーッと笑うとき一番ドキドキした。そしてそのとき母は初めて私に気がつき、私をにらみつける。

「いやな子だね。あっちに行っていなさい」

母はときどき父に言いつけていた。

「洋子は私がお化粧するとき、こういう顔して私を見るのよ」と私の顔の真似《まね》をするのである。私はすごくはずかしかった。

それでも母が化粧をするとき、私は母の側に行かずにいられなかった。私は母が世界で一番きれいな人だと思っていた。私はきれいな人だけがお化粧をしてもいいのだと思っていた。

ときどき、母は黒いビロードの支那《しな》服を着てきつねのえり巻をして黒いハイヒールをはいて父と夜出かけた。

そのハイヒールをはくとき母は歩きにくいからいやだと言い、父は「それにしろ」と不機嫌《ふきげん》に言い、母も不機嫌にきゃしゃなハイヒールに足をつっこんだ。

二人とも不機嫌なのに二人とも満足しているように思え、私は玄関にしゃがみ込んで、母がハイヒールに足をつっこむのを息をつめて見ていた。

私は父と母がどこに行くのか知らず、小さな兄と中国人の阿媽《アマ》と残されるのを淋《さび》しいとも思わず、ただただハイヒールに母が足をつっこむのを見るのに息をつめた。

終戦になって、父の田舎に引き揚げて来たときも、私は母が村中で一番きれいな人に思えた。

母だけが化粧をしていた。母はたった一本のミッシェルの口紅をずっと持っていた。

私は口紅は永久にへらないものだと思っていた。もう粉おしろいも、ほほ紅もなかったのかも知れない。しかし土間の柱にぶらさがっているむらむらに裏からしみが浮き出ている小さな鏡に向かって、小指の先に口紅をつけ、〝ン・パッ〟と唇を開いてニィーッと笑うと私は満足した。

ふとんの皮で作った縞《しま》のもんぺの上下を着ていても、〝ン・パッ〟と唇を開けば母は一番きれいな人だった。

しかし私はどうも母はきれいな人ではないとうすうす気づき、さらに年を経て、自分の顔の美醜が気になり出す頃、母は断じて美人ではないと確信するに至った。

美人はもっと鼻がすーッと細く団子のようにころっとしているものではないのではないか、唇の形がもっと小さくくっきりと輪郭があるものではないか。

それに顔全体があんなに丸々としているものではないのではないか。

足の幅があんなに横にひろがっているものではないのではないか。

そしてもっとすっきりと背も高くなくちゃいけないのではないか。

私は自分がかわいい子だと思ったことが一度もなかった。子供の頃はそれが誰のせいでもなく、ただ私はかわいくないだけだと思っていたが、今や私がかわいくないのは、母の子であるせいだと思うようになっていた。

私は思春期に入り気むずかしく反抗的になり、母の何もかもが気に入らなかった。母は私が高校を卒業して東京に出て来るとき、もうちょっと女らしく口紅ぐらいつければと言ったが頭から受けつけなかった。

受けつけないのを知ると母は、

「いいわよ、洋子は若さがあるもの。何にもすることないわ」と言った。私はむかっ腹が立った。若さがあっても、美しさがなければ若さの使いようも見当がつかなかったのだ。ぬったくってごまかしてもごまかしようはないのだと、相変わらずいつも化粧している母をせせら笑った。

私は子を産み、朝からドタバタめまぐるしく忙しかった。

母は私の子の祖母になっていた。

孫を抱き上げる母は化粧をしていた。

私はそのとき母が四人の子持ちであったことをあらためて思った。

五人の子持ちだったこともあった。

五人の子供が朝食にむらがっているときすでに母はいつも化粧をすませていた。

母の向かい側に父がいた。父はつけものがクリームくさいと文句をつけることがあった。

しかし母は化粧をやめなかった。

やめないどころか、父が勤めから帰って来る夕方になるとバタバタと家中をはき出し、腰をうかしたまま鏡に向かって口紅をひき直しニィーッと笑っているのである。

しかし父は私が十九のとき死んだ。

死んでも母は化粧をやめなかった。

私は相変わらず洗いっ放しの顔をして、ときどき帰る実家の母の鏡台の前の化粧品のおびただしさを妹達と笑った。

私達が笑っても母はもはやびくともしなかった。

母は六十をとうに過ぎていた。

父が勤めから帰って来るとき、口紅をつけ直したのは確かに父のためであっただろう。毎日、あるいは外出するとき入念にパフをはたきつけていたのは見も知らぬ大ぜいの人のためであっただろう。

玄関に来客があったときとりも直さず鏡の前に走ったのは来客のためであっただろう。しかし、私が幼かったとき明るい午前中のシーンとした座敷で一心不乱になって目の上にほほ紅をさして、ニィーッと笑っていたのは誰のためであったのだろう。父もすでに会社に出かけたあと。

母が化粧をするのは何かの目的のためではなかったにちがいない。

化粧は母が母自身であるために欠くべからざることだったのだ。

母が美しかろうが、がちょうのようであろうが、母は化粧なしでは自分自身ではいられなかったのだ。

たまに私のところに来る母は土産物なしでも化粧品を忘れることはない。

ある朝、朝食の用意をしながら母と私は言いあらそった。母は前かけで鼻をかみ涙《なみだ》もふき「いいですよ、私、もう帰ります」とパタパタ隣の部屋にかけこんだ。

さすがの私も気色《きしょく》が悪くシンとした隣の部屋が気になり、息子を呼び「おばあちゃん見て来て」と言った。息子はもどって来た。

「おばあちゃん何していた？」

「お化粧していた」

丸善のヨシノさん

中野の駅前の商店街の奥に古本屋があった。大きな古本屋だったが、店中本がくずれ落ちて、足を抜くようにして店の中を歩かねばならなかった。店の奥のどんづまりに主人が座っていた。私は特殊な本に興味があったわけではない。安い本をなんとなくさがしているだけだった。本棚の前にも本がつみ重なっていて、本棚の本が見えなかったし、つみ重なっている下の方の本など、背中も見えないから何だかわからない。私は見えるところの本から、適当な本を二、三冊買って帰っていた。

一番高い棚にある図鑑が欲しかった時、「おじさんあの本下さい」と指さした。

おじさんは、眼鏡をぐいとずらして、ジロリと本棚を見て言った。

「あんな高けえところの本とれないよ。めんどくせえ」と言った。

本棚の下の本を全部どかさないと、脚立《きゃたつ》を立てることも出来ないのだ。

変な本屋だと思った。

ある日新聞を見ていたら、『ファニー・ヒル』という本が、発禁になったと書いてあった。私は自分が特別に好色だとは思わなかったが、ぜひ読みたいものだと思って、すぐバスに乗って、中野の古本屋に行った。私は勢い込んで、おじさんに言った。

「おじさん、河出の『人間の文学』の『ファニー・ヒル』ある？」おじさんがかっと目をむいて私にどなった。

「あんなもの売ったら、後に手がまわっちゃうよ。若い女の子があんなもの読みたがるんじゃない」

かっと目をむいているおじさんの前を動けなくなってしまった。

「河出で出た奴《やつ》はね、原書の三分の一も訳してないよ。あんなもの読んだって、仕方ないよ。え、あんた、三分の一で何かわかるかね。あれを最初に訳したのは、鎌倉のお医者さんだよ。戦前だよ。本になんかならなかったけどね。河出のなんか読んでも仕方ないよ。もしどうしても読みたいんだったら、羽田の飛行場の本屋に行きなさい。原書売っているから。たいして難しい英語じゃないから、読めるよ。黄色い表紙だよ。奥の方にあるから」

私はどうやって店を出て来たのだろう。私は勿論《もちろん》羽田へなんか行かなかった。しかし、私は『ファニー・ヒル』は手に入れた。読みながら、あとの三分の二に何が書いてあるんだろうと思うと、いらいらした。

引っ越しをしたので、あのおじさんの古本屋に行くこともなくなった。ずい分、年月がたって、おじさんが亡くなったと聞いた。私は知らなかったが、有名なおじさんだったそうだ。

私が最初に勤めた職場は、丸善の前にあった。昼休みに私は度々丸善で閑《ひま》つぶしをした。美術書の洋書は私の月給で買える値段ではなかった。見るだけで充分だった。

その中に古い銅版画のイラストレーションをカタログのようにびっしり収録してある大きな本があった。私はそれをどうしても欲しくなった。私の月給の倍くらいの値段だった。

私はそれを売り場に持って行って、「月払にしてくれないか」と言った。

「そういう事はしておりません」と売り子は言った。私はその売り子に「もっと偉い人に会わせて下さい」と言った。

売り子は奥の扉に入って行った。私は駄目《だめ》だろうとあきらめていたし、自分がかなり図々《ずうずう》しいと思っていた。

小柄《こがら》な中年の人が出て来た。

その人は私を見て、「奥に入りなさい」と言って、扉の中に私を入れた。

「月払で売るという事はしていません」とその人は言った。それから、私が何をしているか聞いた。私はデパートで絵を描《か》いていると言った。そして毎月いくらなら払えるのかと聞いた。「千円」と私は答えた。「店では分割という事をしていないが、私が個人的にたて替えておきましょう」私は名刺をもらった。〝吉野〟と書いてあった。私はその大きな本を自分のものにした。

部屋を出る時、その人は私に「沢山勉強して偉くなって下さい」と言った。偉くなるということはどんな事かわからなかったが、偉くなれなかったらヨシノさんに悪いと思い、でも偉くなれなくてもばれないだろうとも思った。

毎月、月給日に私は千円持ってヨシノさんにちょっとだけ会った。

最後に千円を持って行った時、「よくがんばりましたね」とヨシノさんは言った。

職場が変わって、度々丸善に行くことはなくなったが、年に何回かは本を買いに行った。行くと丸善全体に対して、頭を下げたくなった。ヨシノさんはまだいるだろうか。もう停年になってしまっただろうか。

新しい絵本が出来て、丸善でサイン会をする事になった。応接室で、丸善の人と話をした。「ヨシノさんという人知っていますか。昔、本を月払にしてもらったことがあります」「何年くらい前ですか」

私は年月を数えた。二十年たっていた。

「調べておいてあげましょう」

あの当時のヨシノさんと同じくらいの年齢の丸善の人は、一生懸命私の話を聞いてくれた。

一週間程して手紙がとどいた。

七年前にヨシノさんは亡くなっていた。

私にとって、丸善はヨシノさんだった。

銀座の似合う男

一年先輩が、卒業するとき、私にアルバイトをゆずってくれた。浅草橋の駅の前にあるパイプとライターを作って売る会社で、一、二をあらそう老舗《しにせ》だと言っていた。

業界で一、二をあらそう老舗は古い日本家屋で、私が仕事をするのは二階のたたみの部屋についている廊下だった。たたみの部屋には時々、その家の息子が、かやをつって寝ていたりした。

先輩は卒業しても続けて仕事をしてくれるよう老舗の主人から頼まれたらしかった。

「だけどな、浅草橋はないぜ」

きれいなブルーの縞《しま》のシャツを着た先輩は言った。

「どこならいいの」

「そりゃ銀座ですよ」

彼は日本で一番大きい広告代理店の社員になった。浅草橋のライター屋で、業界紙のつき出し広告を作るより、大企業の大広告の仕事のほうがおもしろいにきまっている。

日本一の広告代理店が浅草橋の駅前に黒々とそびえ建つビルだったら、彼はそこで仕事をしただろうと私は思った。

時々、銀座で彼に会ったが、彼はそのころ流行の細身のスーツを着て、これで浅草橋のたたみの横で仕事をするのに不似合いに見えた。

ああいう人はどんな女の人を女房にするんだろう。ハンサムで気取り屋で趣味が良くて、女も、ファッションモデルのような女を選ぶに違いない。

そんな彼がかけ落ち同然の結婚をした。

気っぷのいい姉御《あねご》肌《はだ》の人で、ざっくばらんで彼よりずい分年上らしかった。四国の人で流行など関係ないような実用的な洋服を着ていた。

「うちの宿六は、マッコト、かっこばかりつけちゃって」

銀座通りを仕立てのいい背広を着て大股で歩く彼は、家の中で、ちぢみのステテコをはいて、ビールを飲み、「おーい、灰皿」と大声でどなり、ビールを飲んでいる彼の後の本棚には、西田幾多郎全集と小林秀雄が並び、バッハが流れていた。

「なにしろ、うちのカミさんは高知の中村の在の人だからもう、田舎者の見本ね」

姉御肌の女房はカラカラと高笑いをしてた。

「だけどね、俺、熱愛しているの、いいぜ、在の人は」

「あほらしい」女房は軽くいなして、「わたし、この人がベーコン食べたいっていうんだけど、ベーコンどうやって食べるのか、マ、ッ、コ、ト弱っちゃってね」

すぐ生まれて来た娘は、父親のことを「オトウチャマ」と呼び、姉御の母親のことを「オカアチャマ」とまとわりついていた。

「オカアチャマねェー」私はゲラゲラ笑った。「慣れちゃった」姉御は笑っていた。

彼の育ちが自然そうさせたのかもしれない。学生時代遊びに行った彼の実家は、広い屋敷の中に洋館のあるばかでかい暗い家だった。白髪の父親が、自分でコーヒーをたてて、私にごちそうしてくれたことがある。

娘は、見る見るうちに少女になった。それも美少女に成長した。

日本一の広告代理店で肩書きは知らないけど彼は次第に偉くなっているらしかっ

た。

その彼があっさり、日本一の広告代理店をやめてしまった。

「もっと偉くなるには、あそこは一度地方に出向かないといけないの、浜松だぜ、浜松はないでしょ」

「だって、偉くなるなら、仕方ないんでしょ」

「浜松はないぜ」

私は女房に「もったいないね」と言った。

「うちのオトウチャマは、なにしろ銀座の人だから」相変わらずカラカラ笑っていた。

彼は銀座のど真ん中の違う広告代理店に職を変えた。

美少女は、名門女子高の制服を着るようになった。

「マッコト、あほらしい。オトウチャマあそこの制服が好きなんだって」

彼らの結婚生活も中盤戦に入った。

「マッコト、うちの宿六ケトバしておもてにたたき出してやろうかと思うよ」

姉御も中年である。

「でもね、そりゃ、ええかっこしいの飲んべえだけど、あの人ね、人間はそれぞれ淋《さび》しいもんだってことわかっている人なのよ。それがわかんない人だったら、わたしやっていけないわよ」

夫婦をつなぐものは、バッハを共に聞くことでもなく、小林秀雄について議論をたたかわせることでもないのだ。

カラカラ大きな声で笑う女房は、律義《りちぎ》に近所づきあいもしていた。

久しぶりに銀座を歩いていると向こうから、ああ銀座にしかいないスマートな中年男が来ると思ったら彼だった。

「オヤオヤ、まあ老《ふ》けちゃって、なんでこんなところにいるの」

「歯医者に来た」

「入れ歯か？　コーヒーでもいきますか」

ポーラのコーヒーハウスで彼は離婚したばかりの私に一言もそれについてはふれなかった。

「あなた、お父さんに似てきたね」

「俺、自分でも間違うぜ。きれいなじいさんだよ」

「あなた、まあいつまでも立派に気取っていられるんだねェー」

「男はダンディズムよ。もう気取りついでに、このごろ焼き物ひねっているの」

「紺の作務衣《さむえ》なんか着てるの」

「わかっちゃったか。あなたもひねりませんか」

「ひねらない」

「カミさんもひねっているの。あの人力があるんだよね、なにしろ在の人だから、今度個展やるの、カミさんと二人で」

「二人でも個展なの」

カラー写真の葉書に、白地に紺色の彩色がしてあるどんぶりが二個並んでいた。

「なんだか、恥ずかしいみたいに円満なんだね」

「俺たち、美しい夫婦よ」

「おもしろくもない」

「おもしろくもないか」

「うちに遊びにおいでよ、女だてらに建てた家見にこない?」

「だって多摩川渡るんだろ? 川渡ったところなんて人間の住むところじゃない

ぜ」

明るい銀座通りを彼はベージュの上着を着て遠くに歩いていった。

私は人の後姿を見るのが好きでない。でも見てしまう。孤独を感じさせない後姿などないからだ。私も年取った。彼も年取った。

新宿や渋谷は若者であふれ返り、私は、居ごこちが悪い。

彼は、本当に銀座が似合う人になってしまった。二十年前より今のほうが銀座が似合う。

彼は「浅草橋はないぜ」と言ったときから人生の虚《むな》しさがわかっていたのではないか。虚しいならせめてその虚しさをおもしろがろうとしていたのではないか。

男の出世がいかほどのものではないと表現するために、銀座にこだわったのではないか。人間の淋しさというものを共感出来る中身のつまった女房との生活を唯《ただ》一つたしかなものとして共に生きて来たのではないか。

わたしくそ真面目《まじめ》だから

葉子さんが胃の調子が悪くて医者に行った。医者はレントゲンを撮ったあと、レントゲン台を横にして、全部脱ぐように指示した。

医者の言う事だから、素直に葉子さんは全部脱いだ。

「あなた、胃の検査って下の方からするものかしら。もう三度目なのよね」

「それは、わいせつ行為だよ」

「そう思う？　妹が変だ変だって言うから、気がついたんだけど」

「変だと思わなかった？」

「だって、お医者がそんなことするはずないって私思い込んでいたから。わたしくそ真面目だから」

私はくそ真面目な葉子さんがくそ真面目に横たわっていたかと思うと、おかしくて、ゲラゲラ笑った。

「どうして、わたし、コチンコチンなのかしら」私は葉子さんのわき目もふらない一生懸命さがとてもいいと思っている。

「あなたは自由でいいわね」私は普通だと思っている。生まれつきくそ真面目な上に葉子さんは私立女子高の国語の教師なのだ。

「ノースリーブのブラウスは着てはいけないのよ」「教師も？」「そうよ。校門で朝生徒の爪の検査もするのよ。マニキュアつけたりのばしたりしているのを調べるのよ。生徒も私のことゆう通がきかない教師と思っているわ。固いばっかりで面白味がないのよ」

三十歳で初めての一人息子を持った葉子さんは一筋に息子にのめり込んで行った。味の素が「目から鼻に抜ける」というコピーを使いグルタミン酸が頭を良くするという広告が出て来たころである。葉子さんは離乳食に味の素を盛大にぶっかけていた。

「あなたアキラを見る目、もうトローンとしちゃっているわよ」

私も同じ目付きをしているのだろうか。

アキラと私の息子は生後三カ月から共同保育の同窓生で、そのまま同じ中学校に通うようになった。

葉子さんも私もその間に離婚をした。中学生になると子供達は荒れ始めた。

アキラの荒れ方は半端《はんぱ》じゃなかった。

「私のコチンコチンの価値観がきゅうくつなんだろうって。息苦しいのよ」「誰がそう言うの」「児童相談所のカウンセラーが。私もそう思うわ」私が相談に行ったら、自分の価値観を自信を持って示さないからだと言われるんじゃないだろうか。言われたら、その通りだと思うだろう。

「離婚した頃私もう、混乱しちゃって、毎日真っすぐ家に帰って来られなかったのよ。おばあちゃんにあずけっ放しで、それが原因だって、子供が私を求めていたんだって。本当に申し訳なくって」

仕方ないじゃないか。人生の一大事に微動だにするなと言うのか。十年も前の事をどうやってとりもどすのだ。誰が好き好んで離婚などするか。

「もうわかんなくなっちゃった。子供に申し訳ないって思うのがいけないんだって。

堂々としていなさいって。堂々となんか出来ないわ。きっと私の事憎んでいるのね」

　そうなのだろうか。

「この間ね。ばかに機嫌《きげん》がいい時があってね。俺生涯に三回泣くって。一度は、私が死んだ時なんだって。一度はゲンが死んだ時だって。あいつは生涯の友達だからって。もう一回は自分の子供が生まれた時だって」

「自分の子供が生まれた時」というのを聞いた時、私は泪《なみだ》がだらだら出て来た。

「あなたの事憎んでなんかないじゃない。アキラは一番大事なこと全部わかっているじゃない」。私は十四歳の少年の認識に目のさめる思いがした。

「だからっておさまってなんかいないのよ。相変わらずなのよ。この間伯父に言われたんだけど、私に男がいないかって。自分が昔グレてた時、母親に男がいたっていうのね。男の子はそれを絶対に許さないって言うのよ」「あなたいるの」「いないのよ。そんな余裕なんかないわよ。でもよく考えてみたらね、ほら山本先生に数学教えてもらっているじゃない。学校の同僚だし、小さい時からアキラの事知っているし、終わればごはん食べて行くじゃない。それだって伯父が言うの。私も、よーく考えてみると、気持の奥の奥の方にそういう気持があるかも知れないって思うのよね。思いあたるのそれしかないのよ」「気持の奥の奥の方をそんな風に考えるんだったら、道ですれちがった人にだって、タレントにだって、そういう気持があるかも知れないわよ」「そうかも知れないけど、私男の人のつき合い、それしか思いあたらないのよ。だから、もう来てもらうのやめようかと思っているの」「だって、アキラちゃん、先生にはいろいろな事話すし、大人の男の人として、必要なんじゃない。そんな風にアキラが先生の事感じてないと思うけど」「私もそう思うんだけど、伯父が今もおふくろを許してないって言うの」「そんな極端に潔癖にならなくてもいいんじゃない」「そうかしら」「私なんかこの間演説しちゃった。私は人間に一番大事なのは愛だって。お父さんが、新しい奥さんもらって本当にうれしい。愛する人がいるのが一番大事なんだって。だから私だって、いつか愛する人が出来たら、あんたなんかに遠慮しないって」「そしたら」「わかったって、そんでのこのこ私の部屋まで入って来て、××ちゃんどうよって候補者の名前言ってたよ」「あらあ。そう」「でも実際にそうなったら、どう思うのかしらね」「わたし息子以外に目がいかないわ。アキラが家にいるだけでワクワク嬉《うれ》しくなっちゃうの。私本当に馬車馬みたいにこうなっちゃうのよ。きっと男の人なんか出来たらなりふりかまわなくなっちゃって、恐《こわ》いわ。今は、そんな余裕ないわ」

時々、電話がかかって来て、私達は子供のことばかり話していた。

「わたし、本当に子供産んでよかったわ。アキラが、いい子だったら、私、全然変われなかったと思うの。この間生徒に言われた。先生、話しやすくなったって。自分が、生徒の立場に立てるようになったのアキラのおかげよ。苦労させられたけど、感謝しているわ。でも、真っ暗なトンネルにいるみたい。もう五年もトンネルにいるわ」「もうじきだよね。みんな笑い話になるわよ」「早くそうなりたいわ」

いろんな大人のなり方がある。という事に私達は何年かがかりで納得するようになった。教育を受ける事と成長するという事が別なことだという事もわかりかけて来た。

「今日家庭裁判所に呼ばれたのよ。あの子はほかの子と全然ちがうタイプだって。処分はしないって」「どういう事?」「あの子言ったんだって。僕は永い間母親の箱入り息子だったってことがわかったって。母親は、僕のことと仕事しかない人だって。生きがいが、僕と仕事だけじゃ困る。自分の人生を生きて欲しいって。だから私との関係がすっきりしたら、自然におさまるし、もう、何にも心配ないって。立派に大人になっているって」「よかったじゃない」「このごろ、落ちついて来たのよ。でも、子供に捨てられちゃったみたい。何だか淋しくなっちゃった」「馬鹿《ばか》げた事心配したわね。山本先生のことなんか」「本当よね、あの時は、本当にそう思ったのよ。わたし、本当にくそ真面目なんだわ。本当に、何か生きがいみつけなくっちゃ」

おぼえていない

私が初めて就職したのはデパートの宣伝部で、私の仕事はポスター用のイラストレーションを描くことであった。私は試験をして採用されたのではなくて、そこのチーフ・デザイナーにスカウトされたのだと思っていた。若さの自惚《うぬぼ》れが充分にあった。

その宣伝部に、ひどく堂々とした日大の学生が時々来た。

ぎょろ目でちりちりの頭を短くかり込んで、すでに伝説的であった。

モデルを含めた撮影隊は少人数ではない。彼は現地で「気分がのらない」とシャッターをおさなかったというのである。

彼の写真は、彼がどのような行動をとったにせよ有無を言わせない力があった、という事を学校出たての私は納得した。才能というものと人間の力というものを初めて知った気がする。

クリスマスやお中元のB全紙のポスターの制作が一番大きな仕事だった。

制作スタッフは彼の写真でのポスター作りに力を集結していた。

そして、私は「まあやってごらん」程度に同じテーマのイラストレーションのポスターを泥絵具《どろえのぐ》ベタベタぬったくって作っていた。

私は、モデルもバスも小道具もカメラも不必要なのである。絵具と筆さえあれば何枚でも部屋の隅《すみ》で出来るのである。明らかにあて馬という感じがした。私のポスターと並べると彼の写真がいかに芸術的であるかという証明になるのである。私はひがんでさえいなかった。私は事実という事を受け入れたのである。

私は私の出来ることを可能なかぎりやるより他仕方がなかったから、何枚でも泥絵具をぬったくった。ぬったくりながら私の絵が印刷される可能性はほとんど信じていなかった。多分彼はデパート側の、言ってみれば俗な要求というものに苦しめられていたのかも知れない。スタッフ全体が会社と敵対していた。

宣伝部の隅で泥絵具をぬったくっている私の側《そば》に彼が来て「サノチャン、しっかりいい絵描いテヨネ、ツルさん、これでいいんじゃないの」と言った。私は赤くなってもじもじし、できたら泥絵具の真っ赤なローソクに身を投じたかった。チーフにスカウトされた自惚れなどどこにも残っていなかった。

一生懸命描けば描く程、通俗的なわかりやすい迫力が出て来ているのである。その時の私の限界であったと思う。

私は机の上にB全紙のパネルを立てかけ、机の上に蛙《かえる》のようにしゃがみ込んで泥絵具をぬったくっていた。

出来上がったプレゼンテーションの彼のポスターを私は見ていない。

そして結果は、私の泥絵具が印刷された。

スタッフは、彼の写真を「むずかしい」と拒否した会社に絶望していた。

私も同じように絶望した。私は、会社のために彼の力が日の目を見なかったことを残念に思った。

私が入社して一年とちょっとで、デパートは大資本系列に吸収された。

宣伝部は解体され、皆ばらばらになった。

私はそれ以後彼と会う事がなかった。

会わなかったが、彼の写真はでっかい大砲のように打ち上がっていった。

打ち上がるたびに、自分の目に狂いがなかったというより、彼の力がそれ以上であることに誰にでもなくザマア見ろと思った。そしてどこかになつかしさを覚えるのだった。

あっという間に彼はすでに巨匠と言われていた。まだ充分過ぎる程若かったのに。


ほとんど十五年たっていた。

私は、人が集まるところで彼を見た。

彼が私を見て笑ったような気がした。

私はもう年をくって、図々《ずうずう》しくなっていたのかも知れない。彼の側に行って「お久しぶり」と言ったのである。

彼は不思議そうな顔をした。

「ヤダァ、○○屋で一緒に仕事したじゃない」

「えーそうだっけ?」

「ツルやカメ知ってるでしょ」「知ってる知ってる」「じゃテラは?」「知ってる、

知ってる」

　私はメンバー全部を言った。「知ってる、知ってる」「それでェ、あそこでイラスト描いていたのヨ」「えっ、あそこに女の子いた？」「いたんだもん」「ごめんごめん思い出せないなあ」「ニワちゃんちで忘年会やったの覚えてる？」

「ああ、カメがよっぱらったなあ」

「お昼休みにチンチロリンだってやったじゃない」「やったやった」

　彼は巨匠になって尊大などになってはいなかった。そして時々「いたのかなあ」と私をながめ直すのである。

「ごめんな」彼は私の肩をたたいた。


　それからまた五年程して彼に会ったことがあった。

「こんにちは」私は言った。

　彼は、また不思議そうな顔をしたのである。

「あれ？　どこで会ったっけ」

私は笑い出してしまった。

すると彼も笑い出すのである。

「どっかで会ったなあ」

私は笑ったまんま彼の側を離れた。


二十年の年月が流れていた。

宣伝部の隅で泥絵具をぬったくっていたまぎれもない私の青春の側を、巨大な星は通り過ぎていった。


私は息子に言う。

「わたし篠山紀信知ってるよ」

「えっ本当?　いつ」

「むかーし」

年のことは言わない

会社で机に向かっていた時、後から背中をつっつく人がいたので振り向くと、大学の友達が立っていた。その横に、知らない人が「ほほえんで」いた。

私はどんな女の笑いにも、「ほほえむ」という形容を持ったことがなかった。

「お茶飲める？」友達は気楽に私に言い、私はボヤッとした感じになって喫茶店まで行って、お茶を飲んだ。

私はこんなきれいな人、見たことがなかった。私は無遠慮に声もなく彼女を見つめた。

白い大きな、たわわな花みたいであり、私はどんなきれいな人も花にたとえたことがないことに気付き、ミロのビーナスなど品がないと思った。どんな女優も彼女に比べると毒々しいと感じた。

「どうして、あなたみたいな人が、こんな人と友達なの」私は友達に悪意もなくたずねずにはいられなかった。

「いやねえ」ときれいな人は笑った。

「あなた口惜《くや》しくて死にそうなんでしょ」

「そんな気もおこらない」きれいなものを見る時の幸せで満ち足りた思いが、私のなかにひろがった。

喫茶店を出た時、彼女は吸いさしの煙草《たばこ》を持って出て来てしまった。電信柱によりかかった彼女は片足をあげて、ハイヒールの底で火を消した。

私は息をのんだ。

美しいということはこういうことなのか。


私は友達に会うと、彼女のことを聞かずにいられなかった。

「あの人どっかのお姫さまなの？」

「全然。駅前の本屋の娘」

「どうしてあんなに品っていうものがあるのよ」「あの人自分が美人だなんて全然思っていないのよ。面白いことを教えようか。あの人あなたの事気に入って、あなたみたいな人になりたいって言っていたわよ」「顔も入れて？」「顔がよ。かわいいんだって」私は絶句した。

「この出目金とにきびで団子鼻でも？」

「あの人は本当にそう思う人なのよ」「あの上に性質もいいの」「あんな神様みたいなやさしい人いませんね。それが品ってものよ」

彼女は雑誌記者をしていたが、絶対に取材に応じない歌舞伎役者が、のれんから顔を出して彼女が来るのを待っているという話も聞いた。


「怜《れい》さん、結婚するわよ」友達が言った。

「誰と？」「タケダのジュンちゃん」「まさか、あんな下品なゲゲゲのキタロウと？」「本当よ。あの人一人も恋人いなかったのよ。あなたわかる、普通の男はおそれ多くて近よれないのよ。そこをね、私をものにするよりかんたんにものにしたのよ。ジュンちゃん、定期買って怜さんちに毎日バラの花を一本ずつ持って通っただけよ」

「ウーン。でもそんなこと許されていいと思う？　あの人、そうじせんたくさせちゃいけないわよ」「そうよ、あの人おーきな家のたたみの部屋で、女中が沢山いるところで源氏物語を読んでいるのが似合うんだけどね。でもゲゲのジュンちゃんなの」ジュンちゃんは電器メーカーのサラリーマンだった。

それから街の喫茶店で友達と怜さんと会ったことがあった。

怜さんは丈の長い毛皮のコートを着ていた。店中の人が彼女に吸いよせられていくのがわかった。彼女は先に店を出て行った。

「ジュンと待ち合わせるの」

毛皮の後姿に生活の匂いが全くなかった。

「あの人ここへ来る前家で何してたと思う？　こたつに横ずわりになって『大鏡』を読んでいたの。腰の下にあの毛皮のコートがグチャグチャになっていて、それにすわっていて、食器棚からストッキングがタラーっとさがっていて、もう片方はこたつの中に入っていたの。それがストッキングはいてコートひっかけて街へ出ると、みんなボワーッとするのよ。前歩いている人まで、振り返ってしまうんだから、顔が見えない前に美人の雰囲気《ふんいき》を発散して男の人をパッと振り返らせるんだから」

「ジュンちゃん、怜さんにごはん作らせてそれ食ってるの？」

「あたり前の顔して食ってるわよ」「いやだなあ」「でも怜さん、ジュンちゃんに惚《ほ》れまくっていいるのよ。〝ジュンの目は永遠よ〟って、それ本当なのよ」「フーン」

私が冬の新宿で毛皮のコートの怜さんの後姿を見たのが二十年前だった。

「珍しい人が来るわよ」

友達の寒い仕事場でガタガタふるえていると、ドアが開いて大きな女の人が入って来た。

「お久しぶり」大きな女の人は私を見て笑った。

「怜さん」私はそれから先何を言っていいのかわからなかった。

わからないので、あわてて、床をバタバタたたいて煙草をさがしたりした。

「お茶、お茶。お茶を入れよう」私は友達に言った。怜さんは「私が入れる」と流しに立った。

大きな女の人が大きなおしりをしてガスに火をつけていた。うしろ向きのまま怜さんは「あなた、ちっとも変わらないわ」と言った。

二十年の歳月を無視した一通りのあいさつに、私は少しいらいらした。

無器量に悩みはしたが、そんなことかまってなどいられない年月であった。二十年前、もう少し鼻をつまみ上げたいとか、白いつるつるの肌であればよいと鏡を横目にながめはしたが、今、私はまぎれもない自分のしわの寄った顔を正視する度胸は持って来ている。

床の上に茶わんを置いて私は怜さんを見た。

「さすがア、きれいな人はきれいなババアになるネエー」

その時、怜さんは、おかっぱにした髪をふりたてて言った。

「年のことは言わない。年なんかないのよ、わたしは十八の時のままのつもりよ」

十八ではない、あなたは四十八のきれいなおばさんなのよ。

「鈴木医院」の鈴木先生

家から歩いて五、六分のところに、ピンクと茶色がまざったようなペンキを塗った新しい家が建った。住宅地の外れで、「鈴木医院」という小さな看板が出て、病院ができた。

昔からその町に住んでいる人は、鈴木医院のお医者さんを子供の時から知っていた。

「ガキのころは、鼻たらしてヨウ、ポケッとしておったわさ」

「双子だだよ、二人とも鼻たらしてさあ、どっちだかわかんないけど似たようなもんだ」

出身校の私立の医大は、

「鈴木先生が入った学校だもん、たいしたことねーずらよ」と学校のランクまで評価した。私はその前を毎日通って学校へ行ったが、いつもしんとしていて、看板のかかっている玄関から人が出入りするのを見たことはなかった。

医者の姿も見たことがなかった。

そして、鈴木先生が父の最期《さいご》を看取《みと》った。

父は、ただただやせてゆき、原因がわからないまま、いろいろな病院を回り、最後には上京して東大病院に入院し、もしかしたらガンかもしれないからと試験開腹というのまでやった。お腹《なか》を開いてもガンは見つからず、また腹を縫い合わせた。

一日一度回診する教授は、天皇のように尊大で、そのあとをゾロゾロと沢山の白衣の若い医者がくっついて歩き、一分もベッドの側に立っていなかった。

父は手術の前の日、三四郎池に母を誘った。母は、学生だった父と散歩したところに結婚して十七年目に誘われて、父は手術をしても無駄《むだ》だと覚悟しているのだと考えた。手術は父を衰弱させただけだった。

家に帰って来て、父は鈴木先生のところに下駄《げた》をはいてヒョロヒョロ出かけていった。私は薬を取りにゆき初めて鈴木先生を見た。先生はまだ若くて、背の高くない色白でポッチャリした人だった。

患者は誰もいなかった。薬は先生が自分で袋に入れた。

「ビタミン剤だからね、お父さんにそう言ってね」

母は薬の袋を見てため息をついたけど、下駄をはいてヒョロヒョロ出かけてゆく父を止めはしなかった。

「えらく正直な医者だな。腕組んで、わからないなあ、わからないなあといいやがる」

大学病院で見放された患者がヒョロヒョロ歩いてやってきて、鈴木先生は困っただろうと思う。父は先生よりずっと年上で、誰にでも一種の畏《おそ》れを持たせてしまう雰囲気があった。

「変わった医者だな。『内科全書』というのを持ってきて、僕はもしかしてこれじゃあないかと思うけど、佐野先生はどう思われますかと俺にききやがった」

鈴木先生が見つけたのは、進行性筋萎縮《いしゅく》症という病名だった。

体の末端がしびれてきて、舌の感覚がなくなってきていた。手を開くとそのままもとにもどらなくなり、父はもう一方の手でまた折り返していた。私達はそれをじっと見ていた。

先生は往診に来るようになった。

「この薬は劇薬で、しびれを直しますが、食欲がなくなります。どうしますか。それでもいいですか」

父は同意した。キニーネという薬を先生は持ってきた。

父は律義《りちぎ》に先生の薬を飲んだ。

先生は玄関に入ってくる時から全身、一生懸命だった。ハッハッと息を荒らげて玄関に入ってきた。

父はやせたあばら骨をひろげ、先生は真っ赤な顔をかたむけて、父のあばら骨に聴診器をあてた。あんなに胸に顔を近づけて聴診器をあてた医者を、私は見たことがない。父はヒョロヒョロと起き上がり、「飯でも食っていかないですか」と茶の間にふらつきながらやってきた。

先生はこたつにかしこまって入り、父は非常に機嫌《きげん》がよかった。

機嫌がよくてもほとんど食欲がなかった。

「医者は外科にみんななりたがるんです。僕も外科になりたかったんです。手術の時、眼鏡がくもるんです。僕が糸を結ぶのを見ていて、教授が〝鈴木君、外科はやめた方がいいねェ〟と言いましてねェ」

先生のまるまっこい手がどんなに一生懸命糸を結ぼうとしていたか目に見えるようだった。そうして、二年間、鈴木先生は毎週二回ハッハッと玄関を入ってきた。そしてブドウ糖だけ打っていった。

父は誰かれかまわず毒舌をはいた人だったが、鈴木先生にはていねいな敬語を使い、私が顔中しつこい吹出物が出ているのを見て、「先生のところに行って薬をもらってこい」と言った。

誰もいない明るい診察室で先生は白いぬり薬をくれ、「あんた、変わっているねエ」と玄関で靴《くつ》のひもを結んでいる私の横にしゃがんで言った。

私の吹出物は全然直らなかった。

「やぶ医者だからもう行かない」私は父に言った。

父はただ笑っていた。

父はほとんど起きられなくなり、昏睡《こんすい》するようになった。弟が自転車で先生を呼びに行った。往診かばんを弟の背中と自分のお腹にはさんで弟の胴に手を回して自転車の荷台にのってやってきた先生は、自転車が止まる前にかばんをつかんでとびおりた。

「ご親戚《しんせき》の方をお呼びして下さい」と先生は母に言い、それからずっと父の側《そば》に座っていた。そのまま先生は病院に帰らなかった。

せまい茶の間にあふれているご親戚の中で先生はじっとかしこまり、時々お茶をのんで何も言わなかった。

笛のような音を出して最後の息を吸い込んで父は死んだ。

大晦日《おおみそか》の夜中で、もう元旦になっていた。

父の腕を右手で握りつづけていた先生は、「三時十三分です」と言い、左手で眼鏡をとると左腕を目にあてて泣いた。

父が死んで二十五年たつ。

父は、またとない医師を得て死んだと思う。

キリシマ高原アート山荘

「温泉付き、リトグラフの工房付き、アトリエ付き別荘にいます。目の前に桜島が見えます。ポストに行くのに四十分、電話があるところまで二時間。この二カ月誰にも会っていません。お金をつかうところがありません。もう二年になりました。財布の中に一万円札がぎっしりつまってしまいました。遊びに来ませんか」

洋ちゃんから、手紙が来た。洋ちゃんは絵本を作る小さな出版社のリトグラフの職人だった。

リトグラフの職人の洋ちゃんが、どうして鹿児島の山の中に行くようになったのか知らない。

返事を出した。

「そこで何をしているのですか」

「何もしていません。ここは〝アート山荘〟という名前です。この素晴らしい自然の中で、芸術家に心ゆくまで絵を描いてもらい、ぼくはそれをリトグラフにして、それを画商が売り、たんまりもうけるつもりで、不動産屋が作ったのです。初めは、別荘番の夫婦が子どもづれで住み込んでいました。三カ月たったら、夫婦は夜逃げしてしまいました。ぼくはたった一人になってしまったのです。ぼくはたった一人になってしまいました。奥さんがあんまり淋《さび》しくてノイローゼになってしまったのです。芸術家は、一年前、一人だけ来ました。一週間いました。あんまり淋しいので彼は夜になると毎晩、鹿児島まで飲みに行ってしまい、絵は一枚も描きませんでした。彼は三カ月はいるつもりで来たのです。毎日ぼくがするたった一つのことは、歩いて十分のところから夕陽《ゆうひ》を見ることです。遊びに来ませんか」

遊びに行った。羽田から一時間飛行機にのって、タクシーの運転手に、「キリシマ高原アート山荘」と言うと、「お客さん、アート山荘持っている不動産屋は一週間前につぶれてしまいましたよ。あの山ひと山開発したのに、まるっきり売れなかったんだよ。あの山荘に誰かいるのかね」

道だけ立派な山の中をタクシーで一時間走ると、山のてっぺんに一軒だけ実に堂々とした大きな別荘があった。

洋ちゃんがころがるようにとび出してきた。そして、げらげら笑って「社長逃げちゃったんだよ」

大きなガラスが鹿児島湾に向かって開かれ、真ん中に桜島が煙をはいてかすんでいた。檜《ひのき》の板が十分すぎるほどぜいたくに使ってある大広間の上等な黒い革張りの応接セットに、洋ちゃんはあぐらをかいて「洋子さんが二人目、二人目でパーね。俺心配でさあ、社長に何回も聞いたんだよ。そしたらさあ、その椅子《いす》にふんぞり返って、ウッハハ、大丈夫、大丈夫ってゴウケツ笑いをするの。俺、ゴウケツ笑いっての初めて見てさあ、安心しちゃったんだよね。逃げる前に、給料は払えないけどここにいつまでいてもいいって言うんだけどさあ」

一度も使ったことのない天井の広いアトリエがあり、四帖半《よじょうはん》もありそうな檜のふろにお湯が一日中あふれ流れていた。いっしょに行った息子は、風呂桶《ふろおけ》の中で泳いでいた。

開発した別荘地はほとんど売れなかったので、山の中で洋ちゃんがいる別荘だけにあかりがついて、遠くに鹿児島の町の灯《ひ》が見えた。夜光虫のような遠くの人家のあかりが見えると、山荘が静かでシンとしているのがよくわかった。

「慣れるまでさすがの俺も怖くて、家中のあかり全部つけて寝たらさ、電気代三万円になっちゃった。それでも怖いの。そうすると車の音が遠くから聞こえてきてね。だんだん大きくなって家の前でバタンってドアの閉まる音がするから、誰か来たって俺ころがり出て玄関開けるとね、誰もいないの。誰か来ないか誰か来ないかって待っているから、幻聴が聞こえたんだよ。もうだめだって思ったね。そのうちに慣れちゃったけどね」

「二年……」

「二年って永かったよ」

「これからどうするの」

「東京へ帰ってから考えるよ。洋子さんが帰る時一緒に帰るよ」

次の日から、流れっぱなしの温泉に入り、別荘地の中に作られたキャンプ場の中の立派な露天風呂に入りに行ったりした。

山小屋が林の中にたくさんあった。

「この小屋にお客が来たの一組だけ、五人づれの家族が一晩とまっただけ」

私と息子は露天風呂から露天風呂を裸でわたり歩いた。

夕方になって、洋ちゃんは、「夕陽を見に行こう」とゴムぞうりに桜の木のつえを持って歩き出した。

林を抜けると、つき出た崖《がけ》があった。

すすきと松の木が生え、海は金ラメを織り込んだ赤い布のようだった。

雲のへりが金色にふちどられ、見るまにくずれて、血のようにどす赤くなった。

「毎日毎日違うの、俺、毎日毎日息が止まりそうになるんだよ」

二十五歳の洋ちゃんは、甚平《じんべえ》を着て、つえを持って、崖のふちに立っていた。

洋ちゃんは、自分で設計してアメリカに発注したというリトグラフのローラーを、

「これは命より大切」と言って、背中にひもでくくりつけて私たちと一緒に、汽車に乗って東京に帰ってきた。


一年たって手紙が来た。

「今、ぼくは神様のもとでリトグラフの仕事をしています。修道院のある立派な教会です。教会の神父さんが絵を描いて、ぼくがリトグラフを作っています。神父さ

んはとてもお金持ちで、池田満寿夫の作品をたくさん持っています。それから、メキシコやエジプトの美術品もたくさん買います。神父さんはひげをはやして、お酒も飲みます。隣は三木首相の家です。ぼくの工房の便所から、首相の家の中が見えます。不思議なことに、神様はぼくにお金を払ってくれません。神様がそんなことするはずありませんよね。ぼくのお財布の中に、お金を入れるのを神様は恥ずかしがっているのでしょうか。神様もゴウケツ笑いをしたのかなあ」

崖っぷちに立って、夕陽に金色にふちどられている洋ちゃんが見える。

〝逆に言えばナ〟

カメタさんは十五年前、体にへばりつくような紺色のピチッとした背広に、ジェームズ・ボンドが持つようなアタッシェケースを持って現れた。髪の毛も整理整頓《せいとん》され、顔の皮膚も黒くてツルツルとみがいたようであった。少し派手めなネクタイとポケットチーフは、いかにもデザイナーらしい神経が行きとどいていて、小柄《こがら》でほっそりしていたが、ピチッとした紺の背広は小柄でなくてはいけないのかもしれないと思わせた。

「われわれはな、常識を破らんとアカンのや。逆に言えばナ」常識を破るにしては、キマリ過ぎているようだった。私は彼と一年以上一緒に仕事をし、かなりスポンサーに無理を通し、無理を通すのも彼はあまり深刻にならずに、楽しく仕事をした。

休日に子供を連れて動物園に行った。狸《たぬき》の檻《おり》の前で、カメタさん一家と会った。

彼はラフなジャンパーとしゃれたセーターを着て、奥さんはその彼といかにも似合う、スポーティーであざやかな色彩のセンスのいい洋服を着て、二人の娘もあたりの子どもよりきわだって小粋《こいき》だった。

カメタさん一家はさっそうとしていた。

「女房がヌカミソくさいのは亭主のせいや。俺は嫌《いや》やな」と言っていたのに嘘《うそ》はなかったのだ。

ニューファミリーという言葉通りの実物はあるのか。

仕事が終わって何年か私はカメタさんと会わなかった。

ある日仕事場に、長髪でひげを生やし、花模様のシャツの胸をはだけ、はだけた胸からヒョロヒョロと何本かの胸毛をはみ出させ、金色のペンダントをさげ、首にネッカチーフを巻いた男が現れた。

カメタさんだった。

「どうしたの」

「会社やめたわ」

「どうして」

「どうも、ちょっとちゃうのやないかと思うねん。人間の本質はな、組織にいるとおかしくなるんや、逆に言えばナ」

「今どうしているの」

「フリーになったわ、家も出てしもたわ。結婚制度も、俺おかしいと思うねん。夫婦だから、何が何でも死ぬまで一緒におらんとあかんというのもおかしいと思うわ。紙切れ一枚やで」

「だって、すごく円満そうで幸せ一家みたいだったよ」

「微妙なもんだけどな。価値基準がことごとく違うのや。そやけど離婚してくれへん。何で紙一枚にこだわるんか、わからんけどな」

「女でも出来たの」

「そういうのとちゃうのや、俺が大きな会社で安定しているのに、何で好きこのんでフリーになるんだかわからんのや。こういうの、口でいくら説明しても、わかるもんやあらへんのやな。人間の生き方の問題やからな」

「子供は？」

「そりゃ俺は死ぬまで父親や。責任はとるわ」

ナ」

「よう考えてみたら、責任なんてとれへんわ。金でしか責任とれんわ。どうやって責任とれ言うねん。人間って、責任なんてとれんようになってるんや。逆に言えばナ」

世間でヒッピーがどっとあふれ出した頃だった。カメタさんはヒッピーになってしまったのか。

「あなた正直なんだね」「だってそやろ。紙一枚に何でこだわるんや。紙があってもなくても、中身ってのは変わらんのや」

「生活が二つで大変だね」「もう、そのためにだけ働いているみたいや。それでも、気持ちに合った生き方した方が気持ちええわ。逆に言えばナ」

明るい青山の喫茶店でカメタさんは紙一枚の結婚制度について、「逆に言えばナ」の合の手を入れて、そのギマン性について長々とまくしたてた。本当にそうかもしれない。

一年ほどして、またカメタさんが現れた。

「俺、女の子が出来てしもた」

「責任って」

「やっぱり」「ちゃうねん、もう大変だったんや、向こうのおやじんとこ行って頭下げて来たわ」「別に結婚するわけじゃないでしょ、ああ、筋を通すのか」「ちゃうねん、結婚するねん」「ええーっ。前の紙一枚どうしたの」

「やっと、判ついてくれたわ」

「何て言ってついてもらったのよ」

「そりゃ、好きな女の子出来てしもた、頼むってたたみにひたいこすりつけたわ」

「ふーん。でもどうして結婚したいの。紙一枚が何だ、っていうのが、あなたの考えなんでしょ。形式じゃないって言っていたじゃないの」

「そうなんやけどな、紙一枚やけど、しばれるからな。向こうは若いし、逃げられたらたまらんわ。逆に言えばナ」

私はあきれ返るべきだったのかもしれない。しかし、私は感動してしまった。

エゴイズムというものは、まる出しにしてしまえば手も足も出ないものなのだ。

紙一枚のギマン性を一万語をつくしても納得させられない。しかし、エゴイズムが裸でころがって来れば、奥さんは判を押さざるを得なかったのではないか。

「勝手なもんだね、人間って」

「そやなあ。勝手なもんや、逆に、、、言えばナ」

「逆に言わんでも勝手だよ」

また何年かたって電話がかかって来た。

「それでどうですか、今度の紙一枚は」

「人間って相性や。ええわ、ほんまにええわ。今度のカミさん、おしゃれはせんわ、そうじはせんわ。それでええんや」

「よかったねェー」

「金、相変わらず大変やけどな。何もないけどな。何もなくてもほんまにええわ。逆に、、、言えばナ」

雨が降るとラーメンが売れる

大正琴を助手席に置いて走っているタクシーに乗ったことがある。私はそれが何だかわからなかったので「何ですか」と聞いた。

運転手は信号に来るとそれを弾き出した。

ひゅうひゅうと物悲しい音がした。

それから、黄色く変色した何枚かの新聞の切り抜きをはさんだスクラップブックを出して見せた。「走るオアシス」と書いてあった。

私は、何やかやと質問したにちがいない。目的地に着いた時、運転手はドアをあける代りに本格的に大正琴をひざにのせて、「特別サービスだ」と言って一心不乱に琴をかきならし始めた。打ち合わせの時間が少し過ぎて私はハラハラしており、それでも「もういいです」と言えずに困った。

渋谷公会堂のわきを走っていた。

中年のタクシーの運転手は、真昼間に公会堂の前にむらがっている女の子の群れを見て、「あーあーあー」と言った。

「どうしたんですか」私はすぐ聞いてしまう。

「あーやってタレントを追いかけるんだよ。どうしようもない」と言った。

「困るんですか」

「うちの娘が、何とかっていうタレントに夢中になって家出しちゃってよ。この間なんか、娘を張っていたらいたんだよ、ここに。タレントが出て来るだろ、それで車乗るだろ、すると娘が、タクシーつかまえてそれ追いかけるのよ。このタクシーでまたそれ追いかけてよ、どうしようもない。連れて来ても連れて来ても出ていってしまう。この間、しばらく見ないでいたら髪黄色く染めて化粧して。十六だよ十六。たまげたよ。髪の毛ひきずって、はさみで切ってやった」

「そのうちあきて帰って来るわよ」

「どうかねェ。だけどたまげたね。化粧したら、いい女になっちゃってるの。ゆるせねェね。女房泣いてばっかいるよ」

「どこにいるの」

「どうってことない友達んとこいるんだけどね。俺のいないとき女房んとこ時々帰って来てるみたいだね。女房は甘いから洋服持たせたり、食い物持たせたりしてるよ」

　娘を持つのも大変だなあと思った。


　土曜日の午後だった。止めたタクシーの運転手は、振り向きもしなかったし、私の行き先も聞かなかった。ラジオが競馬実況をやっていた。

　突然「アッ　アッ　アッー」と苦しそうにうめいた運転手は、ハンドルの上に突っぷしてしまった。私は運転手が心臓発作を起こして死ぬかと思った。

「ちくしょう、全部パァーよ、競馬、競馬、十万円」

　運転手は青い顔をしていた。不機嫌《ふきげん》なんてものではない。

「あと、これだけ残っている。最後だ」フロントガラスの日よけのゴムバンドに馬券が分厚くはさんであった。

　タクシーはふみ切りをわたって、私はガタガタゆれたけど、ゆれ方が少しこわかった。

「始まった」ラジオがせきこんだ競馬の実況をやっている。

あっという間に決着はついた。私は胸がどきどきした。運転手は何も言わない。勝ったのか負けたのか、運転手は青い顔をして何も言わない。運転手は黙ったまんま私を目的地まで運び、黙って釣《つ》り銭を私にわたした。


秋だった。

タクシーに乗ると、ひげを生やした運転手がいた。昨日まで青山のデザイン事務所で、写植をはりつけていたのかと思うようないでたちをしていた。にこやかで愛想がいい。車は渋滞してのろのろしている。

「今年は紅葉がきれいだよ」

「どうしてですか」

「急に気温が下がるときれいに紅葉するの」「へー」「日本は紅葉だね。桜だ何だって日本は紅葉だよ」「へー」「木の種類や時期で全部ちがうね。同じところでも毎年ちがう」「へー」「それから、紅葉だけでも駄目《だめ》なの。岩場で石があるとこじゃなければだめだね。滝になっているとなおいい」「へーそんなとこ沢山あるの」「あるね。明日行かない？　お客さん」「へー、そうやって女の人さそうんですか」「はは……。そうね。俺外れたことないね。たいがい弁当持って来てくれるね」「へー」

新宿駅でお金をわたすと、「今、高尾がいいね。行こうよ」

最後まで愛想がいいのである。

雨が降っていた。

「雨が降ると、インスタントラーメンが売れるんだってね」とタクシーの運転手が言った。

「どうしてかしら」「だって俺買うもん」「あー、やもめなんですか」「女いるよ、彼女何も出来ないの。俺が帰るまでじぃーっとしていて、待ってるの。買物はすることもあるんだけどね。雨降ると絶対行かないからね。インスタントラーメン買ってかなくっちゃ」「まだ日が浅いんだ」「もう六年だよ」「病気なんですか」「どっこも悪くないよ」「仕事してるんですか」「してないよ」「何してるんですか、一日中」「なーんにもしてないの。結婚したいんだけどね。いやだって言うんだよ」「へー」「ねーどう思います。年上なんだよね」「いいじゃない」「それがね。この間まで全然年上だと思わなかったんだよ。三十って言っていたからね。そんくらいに見えたのね」「六年間一緒にいるんでしょ。年なんかどうでもいいじゃない」「それがね。この間こっそり結婚しようと思って調べたらね。十八さば読んでたの」「へー。十八」「あれ結婚したがらないの、年がばれるからじゃないのかな。ねーどう思います」「すごいね、十八さば読んでもおかしくないんだったら、それでいいじゃない」「結婚したいんだよな、俺は。あ、ちょっと待っててくれます。ラーメン買って来るから」

運転手は首をすくめて、雨の中を食料品店の中にとびこんで行った。

変な家だなあ

子供の時、夕食は喜びと恐ろしさが同時に進行するものだった。お腹《なか》をすかせた子供にとって、食事は最大のイベントであったから、四人の子供と両親の茶わんやはしや、「おかず」という目玉商品が一皿とつけものとみそ汁が並べば、せまい茶ぶ台はすき間などなかった。それが鯵《あじ》の煮付けであろうとカレーライスであろうと、私達は喜びいさんだ。父にはとっくりが一本ついて、母はお乳を飲む妹のために、胸からおっぱいをとり出して実に器用に自分もはしを動かした。

そのうちに父は、弟のごはんの食べ方に文句をつける。「ばかやろう、魚だけ食っちまって、お前は、あとの飯をどうやって食うんだ」

弟は下を向いて、涙をためる。食卓はしんとする。おかずとごはんを交互に食え、と父は教えるつもりであろうが、私達は恐ろしさで固くなり、突然父は私の右手をはたく。私のはしを持った腕が高くあがり過ぎているのだ。

食事がすめば、文句も終わる。終わらないのは、母とけんかが始まった時だった。鯵の目玉でも、雨の降りようでも、それは同じ所につき進んでいった。「あんたは、私を馬鹿《ばか》にしているんです。どうせ私は馬鹿ですよ」「女っていうもんは、目に見えるものしか見えねェ」

私達は、音をたてずに食卓からずらかる機会をみつけ、隣の部屋で、耳だけは向かい合っている父と母に集中していた。

しかし、私はどこの家の父親も母親もそんなもんだろうと思っていた。父親とは恐ろしいものなのだ。母とは、取り乱して泣くものなのだ。

美容院の家の娘がいた。中学生の千香さんは頭をくりくりにちぢらせて、手のこんだ洋服をとっかえひっかえ着ていた。父兄会にやってくる千香さんのお母さんは、真っ赤な爪《つめ》をして、金色のネックレスや耳に光るものまでつけて、ばっちり化粧をしていた。

私は、自分の母親がごく普通なのに安心した。

時々背の高い、とてもハンサムな千香さんの父親が一緒に学校へ来ることもあった。父親と母親が一緒に授業参観に来るなどというのも異様に私には思えた。父親は黒いトックリのセーターを着て、髪の毛にパーマがかかっていた。私は自分の父親があんなでなくてよかったと思った。

　私は、千香さんのお父さんは何だか女っぽいと思った。千香さんのお母さんは派手な化粧やひらひらしたものがついているおしゃれな洋服を着ているのに実に無愛想で、他の母親達とお愛想笑いや無駄《むだ》なあいさつをせず、いつだってぶすっとしているみたいだった。

　私は千香さんとだんだん親しくなった。千香さんは「ひまわり」という雑誌に出ている中原淳一が描いたのと同じ洋服を着て来た。千香さんの二つ年下の妹も同じ洋服を着ていた。

「どうしたの」洋服屋さんに二つも頼む千香さんちはお金持ちなんだなあと思った。

「お父さんが作ったの」「えっ？」

　私は本当に驚いていた。「わたしの洋服全部お父さんが作るの」「洋服屋さんなの？」「違う、美容師だよ」「えっ美容師はお母さんじゃないの」「違うわよ、お母さんはお父さんの手伝いをするだけだよ、お店やっているのはお父さんよ」「へーえ」「うちのお母さん何にもしないの。ごはんもお父さんが作るの」「お父さんおこらないの」「お父さんとお母さんすごく仲がいいの。お父さんはお母さんに何もしなくていいってずっと言っているから、何も出来ないよ。朝起きると、お父さんが、お母さんにお化粧してやって、ほら美容師だから。それから、着る物も全部お父さんが揃《そろ》えてやるんだよ。朝ごはんはお母さん作るけど、まずいの。まずくても、お父さんおいしいって言うの。わたしお父さん大好き、お母さんも大好き。わたしの洋服も外で売ってるのなんか着たくないもの」「あの、もしかしたらまま母なの」「ちがうわよ、妹もわたしもちゃんとお母さんから生まれたわよ」

一度、千香さんの家に上がったことがある。美容院の匂いがした。

ぶすっとしたお母さんが、リンゴをむいて大皿に盛ってきた。紅茶茶わんを二つテーブルに置いて、何も言わないでお母さんはお店の方に行った。紅茶茶わんはテーブルの向こうに二つ並んでいて、私はそれを引き寄せていいのかどうかわからなかった。千香さんはリンゴにかぶりついていた。

お父さんが入ってきた。入ってくるなりお父さんは後をふり返って「ママ、ママ、早くおいでよ」と言った。

千香さんは、お父さんを見上げて、「もう、またはじまった」と笑った。私は千香さんがお父さんに平気で友達をからかうようにものを言うのにびっくりして、お父さんも平気なのに驚いた。お母さんはお父さんの隣にすわって、紅茶茶わんを持った。あの紅茶はお父さんとお母さんのだったのだ。私はとても恥ずかしかった。お父さんは「ママ、爪がはがれているよ。千香、それ取って。そっちじゃない、新しい方。脱脂綿も」千香さんはリンゴをくわえたまま、後の棚の上の小さなガラスのビンを取って、脱脂綿にアルコールをひたして、自分の指をふき始めた。

「お父さん私にもやって」「わかった、わかった。千香もおしゃれだね」と言って、お父さんはお母さんの片手を握りっぱなしだった。千香さんは、リンゴをむしゃむしゃ食べながら、腕をきゅうと伸ばして指を思いっきりそらして自分の爪をながめていた。

「今日はまぜごはんだからね」お父さんが言った。

「いやあ、カレー」

「まぜごはん」お母さんがぶすっと言った。

「ふんだ」千香さんは自分の爪をながめながら言っている。

ここのうちは夕ごはんの時、誰もお父さんをこわがったりしないのだ。
変な家だなあ、でも変な家の方がいいなあと私は思った。

「でもいいの」

五歳の息子は、ももこちゃんが好きだった。ゆり組の男の子はみんな、ももこちゃんが好きだった。ももこちゃんが保育園にくると、青い上っぱりを着た男の子がぱたぱたと集まってきて、ももこちゃんの両手をひっぱった。ももこちゃんは、当然という顔つきでゆっくりあたりを見回した。

ももこちゃんは、ゆっくりあたりを見回すばかりではなかった。白いふっくらしたあごをぐいと引いて、目をいっぱいに見開いて、男の子の顔を見つめるということも知っていた。

砂あそびのあと、汚れた手を洗うために水道に並んだ男の子は、ももこちゃんにわざとどんとぶつかったりする。ももこちゃんはぐにゃぐにゃ体をよじらせて、声を出さないで笑ったりする。座った時両手をスカートの上にハの字にひろげて、両手の指でスカートのはじをくねくねといじくったりもする。幼い女の子の色気というものを男の子たちは感じとるのだろうか。誰が教えたのでもなく、五歳のももこちゃんは生まれつき知っているのかもしれなかった。

なおみちゃんはこりこりとよく太って、ほとんど男の子と一緒に動きまわった。ブランコで男の子をつきとばしたりしたし、泣き出すと大声で泣きポロポロ涙を盛大に落とした。

いつか、ももこちゃんとなおみちゃんが家にあそびに来たことがあった。息子は、ももこちゃんにつきまとって、家の中をウロウロしていた。なおみちゃんはピアノの椅子《いす》に座って足をブラブラさせて、「おばさん、わたし、げんちゃんが好きなの。でも、げんちゃんちがうみたい。でもいいの」と、とても静かな声で言った。

子どもたちが小学校に入るようになった。私はなおみちゃんのことが忘れられなかった。

学校にＰＴＡで行くようなことがあると、廊下でなおみちゃんに会うことがある。なおみちゃんは大きな声で「おばさーん」と言って走ってきた。こりこり太って、少し大きくなっている。

「なおみ、苗字《みょうじ》が変わったんだよ」と息子が言った。

子供はどんどん大きくなり、私はなおみちゃんに会うことがほとんどなくなった。

子供が小学校五年になった。

団地の公園のそばを歩いていると、学校帰りの女の子が一かたまりになって歩いていた。

突然「おばさーん、げんのおばさーん」と叫ぶ女の子がいた。なおみちゃんだった。

「ああ、なおみちゃん。大きくなったね」

なおみちゃんは顔中で笑っていた。私はなおみちゃんのなつかしさをいっぱいにあふれさせている目を見て、「ああこんなに人なつっこい目をしちゃあだめなのに」と思った。

私は、保育園で同じ組の男の子のお母さんだっただけで、特別なおみちゃんと親しいわけではなかった。

「遊びにおいでよ」「うん」なおみちゃんは同じ顔をして答えた。私がなおみちゃんに会った最後だった。私は、あの人なつかしさをあふれさせたなおみちゃんの目が忘れられなかった。そしてどうしてか心が傷《いた》んだ。

「なおみ、ひっこしていったよ」息子が小学校を卒業する頃に言った。息子は少し遠くの中学校に入り、時々、小学校の友だちが遊びに来た。

「なおみ、またもどってきたぜ。すげえの、つっぱっちゃってさあ」と一人が言った。

「お母さん、なおみが好きなんだぜ」

「うん、すごくかわいかったんだから」

「えーっ、かわいかったの。おれなんか、こないだ〝ゆたか、しけたつらするなよ〟って毛、ひっぱられちゃったぜ」

私は公園のわきで「おばさーん」と叫んだなおみちゃんしか知らない。

ある夕方、息子が息をはずませて、玄関にとび込んできた。

「ああ、あせったぜ、あたま真っ黄色。こーんなみじかいスカートはいた女がよ〝げーん、げーんじゃない〟って来たの。誰かぜんぜんわかんなかった。誰だと思う、なおみなんだぜ」

「ふーん」

「お母さん、会ってもわかんないよ」

私は息子を母子家庭の子供にしてしまった。私の母親のエゴイズムは、息子が「あせったぜ」と息をはずませて玄関にとび込んできたことに、どこかほっとしていた。

私は、自分がほっとしたことを忘れられなかった。私は公園で「おばさーん」と手を振ったなおみちゃんを恐れたのだ。

息子たちが中学を卒業した時、息子の友だちの家で、卒業アルバムを見た。

「なおみちゃんどれ」

「これよ。あの子、卒業式に出してもらえなかったみたいよ」友だちの母親が、記念写真の右上に丸く別に写っている写真を指さした。パーマをかけた強い視線の丸顔の女の子が写っていた。

私に何が出来ただろう。たまに自分の生活にさしさわりのない程度の話し相手をしたとしても、私は自分の子供すら守れなかった。

「わたし、げんちゃんが好きなの。でもげんちゃんちがうみたい。でもいいの」と静かに言ったなおみちゃんを私は好きだった。おおぜいのクラスメイトの中で、私に手を振ったなおみちゃんを私は好きだった。そして、丸いわくの中に別に写っている強い視線の、すっかり大人になってしまったなおみちゃんを私は好きなのだ。私に何が出来たのだろうか。何もしなかった私に。

ももこちゃんは有名な公立高校に入ったと、息子の友だちが言っていた。

美空ひばりのためです

私は高級官僚というものにお目にかかったこともないし、エリート商社マンというのも知らない。やくざに知り合いもいないし外交官も知らない。コンピューター技師もどんなものであるか見当がつかないし、銀座のバーのママやホステスというのも実際に親しくお話をしたこともない。私の知らない職業に対して持っているイメージは通俗的なものでしかなく、多分、現実と通俗的イメージとはまったく無関係なものであるにちがいない。

だから、不動産屋というものを間近に見た時、私は自分の不動産屋に対する通俗的イメージもまんざらではないと感心したのである。

私は別に家を建てる予定もなく、住居などというものに対して、特別な欲望を持っていたわけではなかった。友人が夢みたいな土地を見つけたから見に行かないかと言ってきた。私は野次馬根性だけは十分だったから、友人の車にサンダルばきのままのっかって夢の土地を見に行ったのである。

人家のない南向きの傾斜地で、桜の山だった。私は一銭の貯金もないのにその桜の山に家を建てたくなった。

不動産屋が現れた。でっぷりした中年でてかてかと赤ら顔をし、ガッハハハと大声で笑い、笑いながらでっぱった腹をたたいたのである。その腹にはワニ皮のベルトが金のバックルとともに巻きつき、紺地に太いストライプを通した背広は不動産屋以外に着る者はあるまいと思われ、つぶれただみ声で市長や市会議員を友達あつかいにした。これは怪しい、あの桜の山は何か典型的インチキ物件にちがいないと私は信じた。私は不動産屋はすなわちサギ師であるという先入観もしっかり持っていたのである。

もしも映画に彼が不動産屋として出演したら、あまりのイメージ通りのためにリアリティーに欠けると批評家が言いそうであった。友人も桜の山にのぼせたので、物件説明ということになり、友人の家で一応の説明が終わったが、私は疑り深かった。

そして、図面等を見終わって、「まあまあ一パイいかがですか」ということになった。

不動産屋は、だみ声で「まかせなさい」と股《また》をひろげてウイスキーを飲んだ。少し飲むと不動産屋はそのへんのおじさんのように無邪気になった。不動産屋はウイスキーのグラスを見ながら、変にしんみりした声で「僕が不動産屋になったのは、美空ひばりのためです。僕は新潟で高校生の時柔道をやっていてね、その時十五の美空ひばりが柔道一代っていう映画をとりにきた。それにかり出されて、初めて美空ひばりを見た。可愛《かわい》かったたね。僕は見たとたんどうしても東京に行って美空ひばりの側《そば》に行こうと思った。それで大学は東京に出てきた。美空ひばりのことをあれこれ人は言うけど、あれはあんな子じゃない。とり巻きが悪かったね。僕はしょっちゅうひばりの家に行っていたよ。小林旭とくっついたけどね。僕はこれはひばりが不幸になると思ったね。僕はどんなことがあってもいざって時には彼女を助けたいと思った。それには金だと思った。僕は机一つで駅前の小さな店の隅《すみ》から始めたんですよ。ここまでなれたのはいつかひばりの力になろうという一心でしたよ。あんたがたは馬鹿《ばか》だと思うかもしれないけど、これは僕のたった一つのロマンなんですよ。現実にひばりが僕のところに助けて欲しいと言ってくるとは思いませんよ。でも男ってそういうものなんですよ」

「だって、おふくろさんとか一族とかがぴったりくっついて、十五の時は可愛かったかもしれないけれど、今じゃ歌が日本一うまいクジラみたいなもんじゃない」

不動産屋はカッと目を開いて私をにらみつけた。

「あれは、十五の時と同じ純情でいい子だよ。だから、あれだけの歌がうたえるんだ。まあ、他人がどう思おうとそりゃ勝手だ。今日は何だか気分がよかったからね。これは僕だけの秘密、僕は不動産屋で終わるつもりはない。政治だよ。ひばりががんばっているかぎり、僕も彼女のためにがんばりたいんだよね」

彼は見れば見るほどいんちきくさい不動産屋だった。しかし、私は十七の彼が十五のひばりのために自分の一生を決めたということは嘘《うそ》じゃなかっただろうと思った。


私は、そのうますぎる桜の山の物件に判こを押すことに同意した。

そして物件は見事なインチキであり、私と友人はそのために二軒あわせてほとんど一億という金をだまされた。

　そのあとのすったもんだは実に漫画であり、生まれて初めて弁護士という職業の人とも知り合い、家の建たない桜の山をぼう然とながめつくした。

「すまなかった」と何度となく私に言った友人に私は「死んだわけじゃない、体さえあれば、何とでもなるよ、家族四人ちゃんと生きてるじゃないの」とからっぽの体の中から声を張り上げた。私の家は、三人から二人になってしまい、その土地騒動が離婚に拍車をかけた。

　しかし、私はその友人にさえ恥ずかしくて言えないのである。私が決心したのは、あのいんちきくさい不動産屋の美空ひばりに対する、「ロマン」であったことを。

　あの赤ら顔のダミ声のすべてが嘘であったとしても、もしかしてあの「ロマン」だけは本当なのかもしれないと、今でさえ私は思っているのである。

産んだだけなのよね

えりちゃんは、私が住んでいた街の古くから続いたお医者さんの娘だった。その街から少し離れた街にある中学に、私とえりちゃんは電車に乗って通っていた。私は先に授業が終わると、えりちゃんの教室の前の廊下に立って、えりちゃんが出て来るのを待っていた。えりちゃんが待っていることもあった。そして三十分程の電車の中で、『風と共に去りぬ』のレット・バトラーとアシュレとどっちが素敵かとか、試験が終わるとどっちの点の方が上だったかさぐりを入れたりした。

えりちゃんは女なのに、どちらかといえば数学や理科が得意で、私は国語や社会科の方が好きだった。

私の家と比べると、えりちゃんの家の方が格段にお金持ちだった。私の家のカレーライスは脂身《あぶらみ》の多いひらひらした豚肉が入っていたが、えりちゃんの家のカレーはごろごろしたでっかい牛肉で、その牛肉をのみ込む時、かみ切れなかった牛肉がごくり、ごくりと食道を下りていった。そして、カレーの中に月桂樹の葉っぱさえ入っていて、私はそれを食べるのか残すのかわからなくて困った。

ちょびひげを生やしたお医者さんのお父さんは、私の父に比べると、ずっと普通の人みたいだった。私の父は不機嫌《ふきげん》の固まりのような人で、どうもほかの家のお父さんの方が普通に見えるのだった。

そのちょびひげを生やしたお父さんは、えりちゃんが高校生の時、脳溢血《のういっけつ》であっという間に死んでしまった。お医者さんも死ぬのかと私は不思議な気がした。そのお葬式に私は行ったのか行かなかったのか思い出せない。

私は別の高校に行っていたが、お父さんがいなくなってしまったえりちゃんの家に、中学の時よりもたびたび遊びに行った。

高校を卒業して、えりちゃんは地元の大学で化学を専攻して、私は東京に出て来て浪人をした。

不機嫌だった父は、原因のわからない病気で寝たきりだった。原因がわからないまま父は次第にやせていった。私は時々家に帰って、ただただやせていく父を見ていた。

私は家に帰ると、自転車で五分のえりちゃんに必ず会いに行った。

えりちゃんは、「あなた東京に行って変わっちゃったね」「どんなふうに」「ここにいた時、あなたは自分がどこにいていいかわかんないみたいだったし、本当に気の合う友だちを見つけられなかったみたい。東京であなたは、そんな友だちと出逢《であ》ったみたい。だからここに帰って来ても上の空みたいよ」

それは本当だったかもしれない。東京にいて、私は受験の不安とあせりと、父がいつ死んでしまうのかという恐怖を持ちながら、絵を描く仲間と初めて心が通い合う友情を持ち始めていた。それは、次第に遠のいていく私を非難しているようでもあり、あきらめているようにも思えた。

「お父さん大変だね」父はもう治らないだろうと私はわかっていた。もう二年も寝たきりだった。「どっちか、はっきりしちゃった方がかえっていいよね」えりちゃんは言った。もしこれをほかの人が言ったら私は腹を立てたかもしれない。父を亡《な》くしたえりちゃんは、そう言ってもいい人だと思った。

そして、次の年の元旦に父は死んだ。

人が集まってごった返している時、えりちゃんがお線香を上げに来てくれた。

　私とえりちゃんは、私が勉強部屋にしていた三畳の部屋で向かい合っていた。二人とも、もじもじしていた。えりちゃんは、ひざの上でにぎりこぶしを作って下を向いていた。「ごめんね、わたし、あなたにすごく悪いこと言ってしまって」わたしはそれが何のことかわかった。「いいんだよ、そんなこと」「本当にごめんね」「だって、本当にそうなんだもの」えりちゃんは、握りこぶしをもう一度作り直した。それ以上私たちは何も言うことがなく、しーんとしてしまった。

　私はえりちゃんが、もうそのことを気になんかして心を傷めて欲しくなかった。むしろ、私はえりちゃんと同じ父のない娘という共通のものを持った同志という気がした。

　しかし部屋の中の固い空気はぎごちなく、私とえりちゃんは、向かい合ったまま下を向いてじっとしていた。

「行こうよ」私は立ち上がってドアをあけた。部屋の外に出ると、私はほっとし、ふり返るとえりちゃんもほっとしているのがわかった。

　私の結婚式に、えりちゃんはわざわざ東京まで出て来てくれた。赤紫の絹の光る洋服を着たえりちゃんは、私を見て笑ってばかりいた。

私の男の友だちがあとで「あのソフィア・ローレンみたいな美人誰なの」と聞いた。

私は初めて、本当にえりちゃんがソフィア・ローレンみたいな美人だと思った。


今年の夏、中学の友だちから電話がかかってきて、「あなた、えりちゃんの息子東大現役なのよ」「へー、すごい」「あなたにとても会いたがっているよ。息子が東京に出て来ているから、時々来るんだって」「会いたい会いたい」

えりちゃんはもう一人の友だちと私をたずねて来てくれた。やっぱりソフィア・ローレンみたいな美人で、もっとやわらかく落ちついていた。私の周りは登校拒否児や非行少年、勉強嫌いやすねっ放しの娘を持った母親ばかりだった。七つ受験して全部駄目《だめ》だった息子を持っている母親、いかなる幸運も子供の心配で帳消しになってしまい、ただただお互いをはげまし、力づけることばかりをしていた。

「あなた幸せでしょう」

私はえりちゃんのわきばらをつねりながら言った。

「それが、そういう気持になれないのよ。だって私、何にもしなかったの。放っといたら、ああなっちゃったのよ。私が何か苦労して一生懸命やったんなら、すごく嬉《うれ》しいのかもしれないけれど。このごろになって、私、何して来たのかと思うの。ただ産んだだけなのよね。何にも手がかからなくて、すごくいい子で。何だか淋《さび》しいのよね」

私はわかるような気がした。

息子が学校へ行かない友だちが、七転八倒の末、「結局母親っていうのは子供を産んだだけなのよね、何もできないのよね」と言っていたのを思い出した。

母親とは、そういうものかもしれない。えりちゃんは私をまじまじと見て言った。「あなた、ちっとも変わらないね」「さっき、ばばあになったって笑ったくせに。えりちゃんだってちっとも変わっていない、古くなっただけだね」

「私たち、ただ産まれてきただけなのね」

ねェねェ私のこと好き？

家に犬がいる。足がダックスフントのように短くて、土管のような胴をし、その上に柴犬の顔をのっけている。そして、困ったようにまゆを八の字に寄せて「ねェねェ私のこと好き？」と一日中人間の顔をうかがっている。

私はそれがうっとうしい。なるべく犬と目を合わせないようにし、息子は発作的に寝床の中にひっぱり込んで、朝になって私にどなられ、恐縮するのは息子ではなくて、犬がこそこそ庭に降りていく。

あまり幸せな犬とはいえない。

お隣が、血統書つきのビーグル犬をもらってきた。ほとんど同時に、ご主人の田舎からつがいのチャボをもらってきた。ご主人は日曜日に立派なとり小屋をつくった。

奥さんは、「不用心だから犬飼ったんだけど、私犬嫌いなの。にわとりの方がずっとかわいいの、えこひいきしちゃうのよ。みそ汁の煮干しとか何でも残りものきざんで、まずにわとりにやっちゃって、その残りを犬にやるの。だって、にわとり卵産むの楽しみだもの」

「犬より、にわとりがかわいいって変わってるね」

私は別に自分の犬を特別かわいいと思っていないのに、人がにわとりをかわいいと思うと不思議なのである。

周りが林で人家がないので、私は自分の犬を時々くさりでつながないでいた。日曜日に、くさりでつながないで、私と息子は三浦海岸に遊びに行き夕方の六時に帰ってきた。帰ってきた時犬がくさりにつながれていたので変だなと思って、またくさりをほどいておいた。九時に電話が鳴った。

お隣の奥さんだった。「あのね、今日にわとりの散歩を庭でさせといたら、モモ子（うちの犬）がにわとり追っかけたの。それで今、一匹お宅の屋根の上にいて、もう一匹は松の木の上にのっちゃって、それから見えなくなっちゃったの。だから、モモ子くさりにつないでおいたんだけど」

私は仰天し、恐縮し、大急ぎでモモ子をくさりにつなぎ、うちの屋根を見たら、おんどりが一匹屋根にうずくまっていた。私は隣に出かけ、どうやってにわとりをつかまえようかと、見えなくなっためんどりのことを心配した。

息子は、「へー、モモ子、やるもんじゃん」と、自慢みたいに言い、私は困った犬だ、それよりも犬をつながなかった私が悪かったとめんどりの行方が気になって、寝た。


次の日六時半に起きた。私は近眼で、朝コンタクトレンズを外しているので、すべておぼろである。犬小屋の前を見ると鮮やかなピンクの固まりがある。私は何だろうと思って、顔を思いっ切りその固まりに近づけた。鳥の羽根がちらばっていた。私は悲鳴を上げた。そして二度とそれを見られなかった。

息子は私の悲鳴で起きてきてしげしげと鳥を見て、「この鳥何だろう」と言っている。私は隣のドアをたたきながら、「鳩《はと》かもしれない、からすかもしれない」と自分に言いきかせた。

ブルーのパジャマを着たご主人が下駄《げた》をはいて犬小屋の前に立ち、「チャボだ」と小さい声で言った。

「どうしよう」私は大声をあげたがどうしようもないのである。

スコップを持って、パジャマのまま、隣のご主人は穴を掘ってうめ、ガウンを着た奥さんがそれを立って見ていた。

「ごめん、ごめんね、どうしよう」私は叫び続けた。

奥さんの犬よりも好きなにわとりを、うちの犬が食べちゃった。たぶん、昨夜の六時にはにわとりはどっかの木に生きていたのだ。そして九時までの間につかまえて、犬小屋の中に入れていたに違いない。夜中につながれた犬の前にのこのこチャボが降りてきたとは考えられない。

「犬だもの、仕方ないわよ」奥さんは言ってくれた。

モモ子は、自分のまわりに人が集まってきたのでしっぽなんかふっている。十分いただいてお腹《なか》いっぱいなので、うめられた獲物にも未練はないらしく、やたらに元気がいいのである。

私はこれがもとでお隣と具合が悪くなったらどうしよう。犬をくさりでつながなかった私にどう考えても非がある。私はウロウロと午前中家の中をうろつきまわり、どうお隣にあやまったらいいのかわからない。

私は思いきって電話をした。

「ねえ、お昼一緒にごはん食べない？」

「いいわよ」

「じゃ、出来たら、電話する」

私は冷蔵庫をあけて、あるものをかき集めて、大急ぎで夢中で昼ごはん作り、テーブルに並べて、電話した。

すぐに奥さんが玄関から入ってき、入ってきた時、私はとび上がってしまった。

私は親子ドンブリを作ってしまったのである。

「どうしよう、どうしよう、ごめん、どうしよう」私はまた叫んだ。

「どうしたの」

「親子ドンブリ作っちゃった。わざとじゃないの、わざとじゃないの」

私は失神しそうだった。その時隣の奥さんは言ったのである。

「あら平気よ、わたし今朝とりのからあげ食べたわ」

モモ子は奥さんを見てうれしそうにしっぽをふっていた。そして相変わらずの八の字まゆで「ねェねェ私のこと好き？」と聞いているのである。

それから、それから

うす暗い四帖半《よじょうはん》の茶の間で、四十の叔母はたばこの煙を鼻と口の両方からはき出させながら、十九の私に、「ほら一本飲んでみなさいよ」ハイライトの箱を人差指ではじいてよこした。

私は、「それから、それから」と何でも聞いた。叔母は女学生の時の日記まで見せてくれた。二十二の私に好きな男ができて、思い通りにならないで私が叔母の四帖半でめそめそ泣くと、たばこをくわえた叔母が立ち上がり、「私が話をつけてきてあげる」と本当に洋服を着かえて出て行きそうになった。

叔母と姪《めい》の肉親の情はたしかにあったと思うが、私には、四十の叔母と十九の私の間にあったものは、友情ではなかったかと思う。

叔母は十九の私にたばこをすすめながら、中学生の息子がオートバイに興味をもつと、断固として必死にそれを押しつぶし、娘が年ごろになって好ましくないと叔母が思った男との仲をこわしに、本当に出かけて行った。娘にはたばこなどすすめもしなかった。私と叔母は叔母親娘《おやこ》より親しさを加えて行ったが、それは親子ではなかったからだろうと思う。十九の私が親しくした大人は多分、叔母だけだったかもしれない。

今、あの時の叔母の年を過ぎて、周りに若い人がいなくなったなあと、私はあたりを見まわしている。息子と私は、友情などというのどかなものが割り込めない対決というほうがふさわしい関係だし、息子の友だちは向こうの陣営で、うさんくさげなまなざしをなげてよこす。

先日、友だちの息子がその友だちを連れてきた。二十一歳の若者である。私もさっさと子供を産んでいれば、これくらいになっているのかと、汚いような清潔なような若さを見上げた。私は彼らにご飯を食べさせ、酒をすすめ、彼らはいっちょ前の男のふりをしてたばこをくわえていた。

「俺さあ、幼稚園の時、ごつう先生にいじめられたわ。俺、小さい時から、くねくねにたにたしおったの。少し脳タリンと思われたんねん。先生がおふくろに言いよるんねん。施設に入れた方がいいって。ある日教室に行ったら先生が、女の子集まってえーってぐるりと自分の周りに女の子寄せて、わいを呼ぶねん。そいで女の子に鏡持ってこさせて、わいを鏡に映させてな、『イカみたい』って言うたんねん。そいでもわいは、くねくねにたにたしおってやったわ」

友人の息子の友だちは、大菩薩峠《だいぼさつとうげ》の机竜之助《つくえりゅうのすけ》にさせて黒い着流しを着せたら、さぞかしすご味が出るだろうと思わせる白い、美しい顔をしていた。しかし、何ともイカに似ている。

「わい、えろう傷ついたんや、傷つきっ放しや」とイカは抗議する。私はゲラゲラ笑い、「ひどい先生だね。そんな人いるの。それから、それから」これだけ立派に育っていれば安心である。今が安心なら、かつての傷は面白いものだ。

私は、彼が傷つきながら二十一歳の若者になったことに感動している。

大人なんかいくらでも子供を傷つけたらいい、傷つきながら子供はたくましく成長する。傷つかない子供なんか屁《へ》みたいなもんだ、と私は思いながら、息子の帰りが遅いのに気をもんでいる。
「佐野さんの顔みてたら、おふくろ思い出すわ。息子さんが帰ってきた時の顔、何つうか、わいが中学ん時、家に帰った時のおふくろと同じ顔しとるわ」「あなたのお母さんいくつなの」「佐野さんと同じや」

彼らがやっているバンドのライブを見に行った。イカはピカピカ光る紫色のガウンを着て、長い前髪を振って、絶叫した。何という若さ。点滅するライトの中で。若さとは何と汚らしく美しいものだろう。四十過ぎの私は余裕を持って他人の息子を見ている。

叔母も、十九の私を他人の娘として余裕を持ってながめていたのだろう。汚らしく美しかった私の青春を。
「下宿に茶わん一個と皿一枚しかないねん」というイカに、私は使わない茶わんを紙袋につめてやった。叔母の家から古いフライパンをかばんにつっこんでバスに乗ったことを思い出した。そして息子がいっちょ前に育ってくれるだろうかと余裕なく気をもんでいる。

「それが本当なのよ」

ごった返している夕方の市場の肉屋で、私はコロッケを買おうとしていた。「コロッ……」と言おうとして横を見ると、学校で顔は知っているが話をしたことない女の子が「おじさん、トンカツ」と叫んでいた。私は急いでコロッケをトンカツに変更した。

そのまま友達と私は私の下宿で三十五円のトンカツを食べた。友達は小さくてやせた母親と二人で、普通の家の離れの六畳間を借りて住んでいた。

私が子供を産んだ時、泊り込んで赤ん坊に産湯《うぶゆ》をつかわせてくれたのはその友達の母親だった。それから実にたびたび彼女に助けられて、私は子供を育てた。

彼女の夫は戦前の代議士で、麻布と赤坂に豪邸を持っていた。代議士になって岡山から彼女を呼び寄せた時、台所のつぼの中に塩まで入っていた。代議士になる前、彼は全身にほりものがある俠客《きょうかく》だった。風邪をひいて一週間で夫は死んだ。医者にも肌を見せなかったのだ。夫が死んで四年間、彼女は毎日何もしないで泣いていた。

「本当にただ泣いてはっと気がついたら四年たっていたのよ」

「それから、よその男の人に目うつりしなかったの？」

「一度もありません。次郎さんより素敵な男の人いなかったもの」

「惚《ほ》れてたの？」

「もう惚れてたの。荒っぽい男の人、出入りしていたけれど、困った人が来ると金庫からお金出してあげちゃうの。本当に気っぷがよかった。それになにしろ台所の塩まで気の回る人でしょ、そりゃ優しかったの。衣更《ころもが》えの時期になると呉服屋さんに連れていって一緒に着物見たてて、半えりからすそ回しまで揃《そろ》えてくれてね、どこへでも連れてった。議員会館へ毎日私通っていた。一日も欠かさずによ。今考えると、私そこで何していたのか思い出せないのよね。夕方から待ち合いで人と会うでしょ。私にも一部屋とって私に芸者つけて遊ばせて、退屈しないようにさせとくんです。どこかに行くと、どんなことがあってもかならず電話してきてどうだ元気かって。なにしろ私は十六のねんねェで何にもわからなかった時から、この人だってわかりましたよ。それから一度もまよったことないです。わたし本当に幸せな一生で何も思い残すことありません」

「亡《な》くなって何年たつの」

「四十年です。四十年ただの一日も次郎さんのこと忘れたことないの。だってそうでしょ、嫌《いや》な男で思い出すのも嫌な人だったらどうです。思い出して嫌なことばかりでしょ。思い出して嫌なことは何もありません。再婚したいって何度も男の人に言われたことありますよ。話したり顔見てすぐ、ああやだやだ、次郎さんじゃないって思っちゃうの。次郎さん本当に男の中の男。私は学問なくて馬鹿《ばか》でしょ。だけど次郎さん、私を馬鹿にしたことなんか一度もありませんよ。どんな話も一生懸命、夜中でも聞いてくれましたよ。どんな偉い人にも堂々として、いばるんじゃありません。自然にしていて堂々としているの。私と一緒になってから女の人なんか一人もいませんでした」

「次郎さんて本当に素敵だったの？」

三人の子持ちになった染色デザイナーの娘に、私は聞いた。

「それが本当なのよ。父だから言うんじゃないわよ。なにしろクリカラモンモンで、家に日本刀なんか何本もあって、立派なヤクザだったのよ。それだけど、男の中の男は父しかいないのよ。私、二十で父みたいな男は絶対にこの世にいないってわかったわよ。わかったから、私は亭主を特別な次郎さんと比べる気はないから、まあまあ幸せだけど、母は比べるのよね、次郎さんだったら違うって。たった一つ、母の不満は私の亭主と次郎さんを比べることなのよ」

私が寝込むと、「私では役に立たないけど、いないよりましですよ」とやせた小さな千枝子さんが来てくれる。枕を並べて私は次郎さんの話をいつまでも聞く、根掘り葉掘り。

「わたし本当に幸せ。次郎さん死んでから、しいちゃんと二人で暮らしてたでしょ。しいちゃんほど優しいいい娘いないと思うの。私、しいちゃんのこと叱《しか》ったこと一度もありませんよ。叱られるようなことしないんですもの。あれは次郎さんが天国で守ってくれていたからだと思うわ」

朝目がさめるとペチャペチャ音がする。千枝子さんが足をあげて太ももを両手でたたいている。「これが体操なの。一時間こうやって好きに体中たたくと冬でもホカホカしてね。わたし八十二歳ですよ」


「うちの母、マラソンしなかった?」

「えっ、知らない」

「するのよ。エイヤッエイヤッって声出して。私の自慢した?」

「したわよ。世界一の娘だって」

「あなたあの人の娘になってごらん。あなたみたいにへーンな人でも、知らずに世界一の娘になっちゃうわよ。あなたあの人に意地悪できる?」

「できない」

「心配かけて平気でいられる?」

「いられないよね。だから私のところに泊まったことにしてやったこと、一回や二回じゃなかったものね」


三十五円のトンカツ食べたあと、初めて行った六畳一間の離れで、こんな仲の良い親娘いるんだろうかと思った二十数年前を思い出す。私は一目でいいから千枝子さんと次郎さんが一緒にいるところ見たかった。

ラブ・イズ・ザ・ベスト

野本さんは、毛皮のコートを着て叔母の家の四帖半のこたつにあたっていた。叔母は半てんを着て、私はオーバーをひっかけていた。こたつ以外の暖房がなく、足もとだけが暖かく、背中が寒かったからだ。

野本さんはきれいにのばした爪に赤いマニキュアの白い手でフォークとスプーンでりんごに手をふれないで皮をむく方法を教えてくれた。

「何でもないことでしょ。でも覚えておき遊ばせ」

野本さんは、フォークに抱きかかえられているような白いりんごを私に渡してくれた。

「あなた、どうして子供産んだのよ」

叔母は時々、驚くほど率直だった。

野本さんの混血の子供も従妹《いとこ》と同じくらいの年齢になっており、叔母は十年以上の年月の間で初めてその質問をしたらしかった。

「だって良子さん、わたくし、ラブ・イズ・ザ・ベストって思ってましたもの」

野本さんは帰るまで毛皮のコートにくるまっていた。


二人っきりになった時、四帖半で叔母は私に言った。

「あの人気取っていると思う？」

「言葉のこと？」

「全部よ」

「どうして？」

「あの人はね、女学校の時、学校が買えるほど寄付する金持のお嬢さんだったのよ、お母さんが遊ばせ言葉の人だったの。お父さんが亡くなってから、野本さんが一家全部養って来たのよ。終戦の時が十九よ。十九の女がどうやって養うのよ。仕方なかったんだわよね。あなた、野本さんのこと好きなんでしょ」

「うん、叔母さんの友達の中で一番好き」

私も十九だった。街には進駐軍の兵隊を見かけることはもうなくなっていた。

それから何年も過ぎた。

時々遊びに行く叔母の家の四帖半で、黒いドレスに真珠のネックレスをして髪をアップにした野本さんに会うことがあった。

「ね、それ本物?」

「そう見える? にせ物ですわよ。わたくしがしてると本物に見えましして?」

四帖半の隅《すみ》に石油ストーブがあって、叔母はもう半てんを着ていなかったし、私のオーバーは玄関にかけてあった。私のオーバーの横に、よく見るとすり切れて地の見える野本さんの毛皮のコートがあった。

それからまた年月が過ぎた。

「野本さんどこにいると思う?」

「銀座のバーじゃないの」

「熱海。あの人お運びさんになったのよ。そしたらすぐ女中頭になっちゃったんだって。外国の偉い人を政治家が招待する時使う素晴らしいところよ、ほら、あの人頭がいいし、しっかりしてるでしょ。英語もできるでしょ」

「どうして素晴らしいとこか知ってるの」

「この間行ったのよ、あの人愛してたのねェー」

「誰を?」

「きまっているじゃない、あのクロチャンよ」

叔母はアメリカ人のことはアメチャンと言っていた。

「海へ行ったらね、水さわって、ああ、この海アメリカまで続いているのねェーって言うのよ」


それからまた数えたくもない年月が流れていった。

私は熱海に友達と遊びに来ていた。梅と寒桜が一緒に咲いていた。フイルムを買いに表に出て旅館の角を曲がると、隣の旅館の勝手口が見えた。勝手口にかかっていた旅館の名前が、叔母に聞いていた野本さんがつとめている旅館の名前だった。

玄関でお客の車を見送っていた女中さんに、野本さんのことをたずねた。

大きな玄関で、縞《しま》の着物を着た野本さんに私は抱きついた。長い年月が私を抱きつかせた。

「私のこと覚えている?」

「覚えていますわよ。叔母様、お元気?」

「わかるでしょ、相変わらず文句ばっか言ってるわよ。あんまり会わないけど」

「このごろはがきも下さらないのよ。お伝え下さらない、もうお亡くなり遊ばしたかと思っていることよ、って」

野本さんはコーヒーをロビーに運んでくれた。

「母が、去年亡くなりましたでしょ。もうわたくし、思い残すこと何もございませんのよ。娘はアメリカで二人子供がいますでしょ、わたくしもうおばあちゃん。娘の相手の方が素晴らしい方なの、あなたはお気に召さないかも知れないけど」

「あらどうして?」

「実直で真面目《まじめ》一方。外交官試験に通ったのが、ほらああいうお国でしょ、ああいう方では三十六人目なんですって」

肌の色を言っているという事を理解するのに少し頭がぐるぐるした。

「娘が幸せだってこと本当に嬉《うれ》しいことよ。三年前に一度会いに行きましたのよ。

わたくし幸せなの、裏にマンションがあるのよ、でもそこ整理して小さいお部屋に移るの、ここで働けるだけ働いて。わたくしここにもう十七年なのよ、つてがございますでしょ。働くところは沢山あると思うの。ここやめてもね、季候がよろしいでしょ。下働きもできなくなったら、年金でさっぱり暮らして、そのあとは施設にごやっかいになるの、だから今その準備」

「野本さん、いくつになったの」

「あら、ご婦人に向かって失礼なことよ。六十四歳です。私どうして幸せかおわかりになる？　本当に愛した人の子供を産んで育てたことよ。それがあるから、もう何もいらないのよ。他のものはあっても邪魔なものばかりよ。今年の夏はアメリカに行って娘たちに会ってきます」

人をあやめちゃいけないよ

少しふらつきながら男が乗ってきた。座席にところどころ空席があり、入ってきた男を乗客は見る。男はニッカーボッカーをはき、泥《どろ》がついていたが、泥はついたばかりのようで、はらえば落ちそうで不潔ではなかった。男は持っている切符を座っている女の人に見せて、「この切符、どこまで乗れるのかね」と聞いた。女の人は、顔をそむけて聞こえないふりをし、席を立ってドアのところに行った。見るからにかたぎではない様子と、屈強で、しかも酒くさいのである。

男は車内を見回し、空いている私の隣の席にどすんと腰を下ろした。私は胸がドキドキした。

「ねえちゃん、この切符、どこまで行けるのかね」三十円区間で下北沢と書いてある。

「下北沢です」「いくつめ？　何分ぐらい」「三十分くらいです」私は、それっきりにしてもらいたい。こわいのである。

「すっちゃってね。金三十円しかなくなっちゃった」昨夜はどこで寝たのだろうかと思ったけど、私はこわいから、聞かない。

「ねえちゃん、人をあやめちゃいけないよ」

酒くさい息がまともに私に向かう。

「おじさん、そんなことしたことあるんですか」

「十二年、十二年だったけど、八年で出てきた。出てきた時は、そりゃ、大したもんだったぜ。黒ぬりの車がずらーっと並んでね、刑務所の門のところ。親分も舎弟たちも並んでよ、だけど人をあやめちゃいけない」「おじさん、やくざだったの」

何だか私はすでに深みにはまり込んで、引き返せないのである。連れの男は朝日ジャーナルをぴったり顔にくっつけて、私の連れでないふりをし、電車中の人はじいっと私達を見ている。電車中が安心して私を見ているのである。男の声は太くよく通り、底力があり、ひびきわたる。

「今は組離れてよ、一匹狼《おおかみ》」

「いれずみなんかあるんですか」

男はやおらシャツのボタンを外してうでをまくり上げた。びっしりほりものが現われた。

「今のやつら、根性がねえ。ほりものだってつづかねえ。俺は体中ちゃんとほってあるよ。今のやつら、仁義だってまともに切れないからね、頭だけちょろってやってごまかす。仁義ちゃんと切ると三十分かかるからね」

私はまだこわいのであるが、好奇心も捨てられない。

「ちょっとやってみてよ」「三十分かかるよ」「始めんところだけでいいから」

男は、体を斜めにかたむけると一段と低くてすご味のある声で言葉を巻き上げるようにして「手めえ生国を発しますするに、……」と映画のようにやり始めた。

「……な、こういう風に生まれてから今までのことを全部やるの。今のやつら、まともに出来ないよ。駄目《だめ》になっちまったよ」

「俺、女、五人いるよ、いい女ばっかだった。見せようか」

男はふところから黒皮の折りたたみの定期入れのようなものを出した。写真があった。真ん中に白いマフラーをなびかせた実にいい男が両わきの若い女の肩に手をのせて笑っている。白いマフラーのなびかせ方といい、派手な格子《こうし》の背広といい、一目で羽ぶりのいい勢いの真《ま》っ只中《ただなか》にいるやくざである。両わきの女はふくらんだスカートをはき、髪の毛が風に乱れて二人とも男に頭をもたせかけて、誇らしげに見え、実に可愛《かわい》らしく若々しい。昔、「酔いどれ天使」の中の三船敏郎が白いマフラーをなびかせて海岸を走るやくざをやっていたが、三船敏郎は所せんにせものであったと、私はその写真を見て本物の迫力に打たれた。

「どっちが女だったの」「こっちの方。それからこれが静岡の女」男はもう一枚の写真を見せた。和服を着た女が子供を抱いていた。

「この子は」「俺の子供」「結婚したの」「いいやもう十年会っていない。女は気持ちだよ。こういう稼業《かぎよう》だからね、一つところにいられないだろ、たまにふらりと行くだろ、いつだって、今日俺が帰って来るっていう風に暮らしているんだよ。女はみさおだよ。本当に俺は時々なぜこんないい女に当たっちまったかってわけわかんないときあったね」「行けばいいのに」男は写真を見て、黙って首を振る。

「行けないよ、今さら行けない。昔の俺じゃないだろ」「おじさんいくつ」「五十一」「この写真のときは」「三十くらいだったかなあ、人間、人をあやめちゃいけないよ、どんなことがあっても人だけはあやめちゃいけねェ。けどね、俺もう一人やってやる。やらなきゃ死ねねェ」「やめなよ、だめだよ」私はもう少しもこわくはなかった。「いま言ったばかりじゃない」「いや、やる」「だめだよ」「けど俺、もうすぐ死ぬの」「どうして」「ほら見てみろ、ここに出来ものがあるだろ」

男は眉間《みけん》を指さした。

大きめのにきびのようなものがあった。

「顔の真ん中に出来ものが出来ると死ぬんだよ。どうせ死ぬなら、やってやる」

私は笑い出していた。

「おじさん、それ面ちょうだよ。昔、すごくこわい病気だったけど今注射ですぐ治るよ。馬鹿《ばか》だね、そんなのすぐ治るから病院行きなよ」「えっ、そうなの」「当り前だよ」「へーそうなの。この切符のところまだかね」「この次の次だから教えてあげるよ」

男は私の連れを見て「この人、あんたのこれ」と親指をつき立てた。「そう」「いやあ、いい男だ」私の連れは朝日ジャーナルのかげでもごもごして、雑誌をさらに顔にくっつけた。

電車が下北沢に近づいた。

「下北沢ですよ」「あ、そう」男はふらつきながら立ち上がった。

「さよなら、おじさん、病院行きなよね」「わかった」男はよろけながら開いたドアからホームに降りた。そして立ち止まってあたりを珍しそうに見まわし、ふらつきながら歩き出した。

三十六階全部

小学校五年生のとき転校した。それまで、一学年が一クラスしかない、山の中の小学校にいたので、静岡は大都会だった。その大都会の真ん中の小学生は、私の目にはずいぶんとハイカラに見え、級長の山口君は中で際立《きわだ》って都会的に見えた。半ズボンからひょろけた足が出ていて、色が白くて、顔が逆三角形にあごがとがっていた。そしてぱっちりとした大きな目をしていて、黒々としたまつ毛があった。私は一目でたいへん山口君が気に入ったのである。半ズボンから細い足を出し、つぶらな瞳《ひとみ》の級長は、男の子は野卑で乱暴であるという私の認識を変えた。

転校慣れをしている私は、しばらくすると、小柄《こがら》できゃしゃで上品な山口君をほうきを持って廊下の隅まで追いつめて、泣かせたりした。男の子が、ちょっと気のある女の子を泣かせるのと同じだったのではないかと思う。

ときどき開かれる同窓会に私はあまり出席しなかったが、ずっとつき合いのある同級生から、級友の消息を聞くことがあった。

「山口君はニューヨークにいるって。もう十年以上になるんじゃない」

私は色白のつぶらな瞳の半ズボンの少年しか思いうかばない。

私が初めてニューヨークに行くことになったとき、友人が「ぜひ山口君に会っておいでよ」と言った。私は外国で仕事をしている人に、子供のときの友達がたずねて来たりしたら、迷惑だろうと思ったが、電話をかける気になったのは、ほうきを持って廊下を追いかけまわした幼なじみに対する、無遠慮となつかしさのためだったと思う。

ニューヨークの電話線の中から静岡弁がびっしりつまって流れてきた。

「ああ、ちょうど、明日は会社の引っこしだけんどもお昼でも食べるか。女房も手伝いに来るから、会いたがるだよ。パンナムビルの三十六階だから、すぐわかるよ」

「三十六階のどこ?」

「三十六階全部だよ。ミスター山口って言ってくれればわかるだよ。俺がボスだもんで」

パンナムビルも三十六階もすぐわかった。入り口に若い背の高いファッショナブルなアメリカ人の女の人がいて、私を見るとにっこり笑って奥に入っていった。真っ白な広いオフィスに沢山の部屋があり、沢山のアメリカ人が箱を持って行ったり来たりしていた。その向こうから、でっぷり太って、黒ぶち眼鏡をかけた背の低い日本人が、全身で笑うようにして近づいてきた。

「見てよ。会社が大きくなりすぎて、フロアー全部を借りなくっちゃならなくてね。案内しましょう」

私はどこがどうなっているのかわからなくて、あっちこっちの引っ越し中の部屋をのぞき込んで、一番見晴しのいい部屋に通された。窓から昼間のマンハッタンが見えた。

山口君は格子のシャツにジーパンをはき、大きな椅子《いす》にどっかり座って、まだ全身で笑っていた。うさぎが熊になったのか。

「サクセス・ストーリーだね」私は心の底からたまげていた。

山口君はきれいなカラー刷りの会社案内を見せてくれた。売り上げがそっくり返る程の折れ線グラフに描いてあり、その上に、本当に「サクセス・ストーリー」と書いてあった。

「初めは本当に八畳くらいの部屋から始めたんだよ。今、現地人二百人になったよ」そうか。アメリカ人も現地人なんだな。

私にはよくわからなかったが静岡のコンピューターの部品を作る会社からアメリカに市場を広げることをまかされて、あっという間にパンナムビル三十六階全フロアーになったらしかった。

「いろんな仕事をしている人があるけど、ちょっと僕くらい成功した人いないでしょう」

山口君はまだ全身から笑っている。

「お寿司《すし》食べに行きましょう」通りをへだてたお寿司屋さんに入った。カウンターに座ると板前さんが、「景気はどうですか、社長」と大きな声をかけた。山口君はおしぼりで手をふきながら、「また会社大きくなっちゃったよ」と大きな声で答えている。

「スカースディルに家があるから、時間があったら、ちょっと一回りしませんか」

一緒に行った友達が、パンナムビルの駐車場に行くまでに、小さな声で「スカースディルって田園調布みたいな高級住宅地なんだよ」と言った。

車で十五分も走ると、周りは真っ黄色に紅葉した木がまぶしい郊外に出た。ニューヨークの田園調布に、これは現実かとわが目を疑った。家の前に広い芝生がなだらかに広がり、黄金色の木から黄金が降りそそいでいる。

家の中に入ると、アメリカの間取りの家の中に、何とも無造作な日本人の暮らしがあった。ミンクのコートを三枚持っている奥さんは、私の家の隣の隣の奥さんとどこも変わりがない。会社の受付の若いアメリカの女の人の方が、お金持のように見える。

山口君はやっぱり昔と同じように、つぶらな丸い目玉をしており、黒々としたまつ毛があり、その目に一点の暗さも、シニカルな光もない。

家のソファーに座って、聞くとどんな質問にも率直に答えてくれる。

「わたしの周りに金持なんか一人もいないから、本当めずらしいよ」「そうでしょうねェ」と山口君は言い、それが冗談でも皮肉でもなく大きな声で笑っている。

外には秋の透きとおるような光と、黄金色の木の葉が光っている。アメリカにいる日本人に共通して感じられる、つっ張りや、いらだちや固い守りの姿勢はどこにもなく、全身がいつだって笑っている。一週間の半分はアメリカ中と日本を行ったり来たりする殺人的なスケジュールを、彼は全身笑って懸命に仕事しているのだろう。

山口君を目の前に見て、誰か一人でも嫌な感じを持つ人がいるだろうか。他人のサクセス・ストーリーなど、本当は面白くないのかもしれない。しかし私は一度も自慢たらしいとも感じず、楽しくて嬉《うれ》しくてめずらしくて、私にまで光をわけてもらったような気がして、気持がいい。

まだ日の高い明るい午後、山口君は昔、ほうきで追いまわした同級生をホテルまで送って来てくれた。

しかし、あのきゃしゃで可愛い女の子のようだった山口君が、いつ、どのようにして全身にみなぎる光をつめこんだ、堂々とした男になったのだろうか。

もう東京には行きません

二階に下宿している芹沢《せりざわ》君を気味悪いと言い出したのは、叔母だった。

芹沢君は東北から上京してきた浪人生で、出かける時も帰って来る時も、黙って玄関を出入りして、初めから叔母の家族には好ましくない印象を与えた。叔母の家の二階の部屋を改造して二つの四畳程の部屋に、予備校に通う芹沢君と新しく大学に入学したもう一人の学生が住んでいたが、二人は口をきくこともなく、叔母が運ぶ朝食と夕食をそれぞれ違う時間に一人で机に向かって食べ、すんだ食器を私は下げに行った。

私にはもう一人の学生の印象はまるでない。

廊下をはさんだもう二部屋の一つに私は居候《いそうろう》をしていて、美術学校に通い、私はほとんど叔母の家族だったから、たった一人で東北から出て来た浪人生の芹沢君と同じ家の中に住みながら、まるで別世界にいた。

「あの人ごはんを持って行ったら毛布をかぶって勉強しているのよ、気味悪いわ」と叔母が言ったのは五月の半ばごろだったと思う。七月になって、夜になると芹沢君は屋根に出て、夕涼みをし出した。

「変だわよ」と叔母は言い、私は十九歳の男の子が屋根に出て行くぐらいのいたずらはするかもしれないと思ったが、その時まで私は芹沢君と話をしたことがなかった。

叔母が家族に知らせた方がいいと言いだしたのは、屋根の上で芹沢君がふろしきをかぶって、「スドウアクヤー」とくり返しぶつぶつ言うようになった時だった。叔父の名前はスドウヨシヤだった。

父親に連れられて芹沢君はくにに帰った。

次の年の三月に叔母の家に芹沢君からはがきがきた。東北大学に入学したことを知らせ、最後に洋子さんによろしくと書いてあった。

その時私は、たったあれだけのことを芹沢君は忘れなかったのかと思うと胸がつまった。

芹沢君が下宿をひき払うことが決まり、父親が上京するまでの間、私は芹沢君を私の部屋に誘い、絵の本や雑誌を見せ、ついでにひろげた宿題のポスターなんかも、芹沢君はめずらしそうに見た。私には芹沢君が変なようには少しも感じられず、はにかんでいる十九のごく普通の少年に見えた。芹沢君は雑誌の中の一枚の写真を、「これ面白い」と何度も言った。ワインのグラスの中に人の目玉がモンタージュされたシュールな写真だった。私はその写真が印象に残った。

次の日、「映画に行こう」と芹沢君を誘った。少しでも気分を変えれば、もう屋根にのぼらないかもしれないと思ったのだ。私はすっかり姉さん気取りだったのかもしれない。芹沢君はもじもじしながら靴《くつ》をはき、叔母は不安そうな顔をして見送った。

「何見たい？」「何でもいい」

明るくて楽しそうな映画をさがしたが何もなく、私は「アンネの日記」でもいいかと聞くといいと言った。映画が始まって私はまずかったとすぐ思い、隣の芹沢君は体をゆらゆら動かした。「出ようか」と言うと「うん」とすぐ言った。「とじこめられる映画はいやだ」映画館を出て芹沢君は言った。「ごめんね。もっと楽しい映画にすればよかった」姉さん気取りでも、そのあと私はどうすればいいかわからなかったので家へ帰るバスに乗った。

バスの中で芹沢君は「降りる」と言い出した。降りたところが橋の上だった。芹沢君は橋にしがみついて、「帰りたくない」と言った。

私は「帰ろうよ、ね。ね」と言ったが「帰りたくない」と言った。私は芹沢君の腕をつかんで「ね、帰ろう」と言い芹沢君はわざとわたしに引きずられるようにした。たったそれだけのことだった。

私は入学のお祝いの手紙を出した。


その年の夏休み、私の下宿に突然芹沢君が現れた。私は棒立ちになった。すっかり大人びてはきはきした青年になっていた。私は芹沢君と喫茶店で向かい合い、ふろしきをかぶって屋根に出ていた芹沢君がこんなに健康的になったのかと、とてもうれしかった。

私は大学を卒業して仕事をし始め、すっかり大人になったつもりだった。「ときどき遊びにきてもいいですか」と芹沢君は言った。「いいわよ、秋に結婚するの、彼と友達になればいい」私は多分明るすぎる声で言ったかもしれない。

私はまだ日の高い街で芹沢君に手を振って別れた。

そのすぐあと、生まれて初めてのラブレターを芹沢君からもらった。「もう東京には行きません」と最後に書いてあった。

私はその時、「もう東京には行きません」と書いた芹沢君にではなく、十九の毛布をかぶって部屋にうずくまっていた芹沢君に胸がしめつけられた。部屋で雑誌をめくり、映画を見に行って途中で出てきただけだった。彼が予備校でたった一人でも友達がいたら、何でもない無駄《むだ》話をする女友達がいたら、年上で美人でもなく、およそ男の子が憧《あこが》れるタイプでもない私に恋などしたりしなかっただろう。たったあれだけのことを忘れなかったほど淋《さび》しかったのか。

何年かたって叔母は息子を下宿させた。

「太郎が、淋しいよウ、助けてくれえって手紙に書いてくるの。今になって、芹沢君がどんなに淋しかっただろうと思うと、もう少し気をつけてあげればよかったと思うわ。まだ十九だったし、初めて出てきた東京の人、鬼みたいに思ったでしょうね。スドウ、悪ヤって言いたかったのね」叔母は私に言った。

もらっておきなさい

連れ込み宿に住んでいたことがある。

連れ込み宿の庭にある小さなアパートに住んでいたのである。

周旋屋が案内してくれたのが夜で、静かな住宅地だと、手入れのゆきとどいた植込みのある家を私は気に入ったのだった。

その時私は、その家が連れ込み宿だということに気が付かなかった。富士見旅館という小さな電気が入っている看板がこわれていたのである。

そこに私は四年住んだ。

結婚したばかりの私達は、冷蔵庫もテレビも電話もなかった。

旅行などに行けない私達は、天気の良い日曜日に駅弁を買ってきて、窓の脇《わき》に向かい合い、「ガタンゴー、ガタンゴー」と体をゆらしながら汽車に乗ったつもりになった。

「ガタンゴー、ガタンゴー」と言いながら庭を見ると、庭いっぱいに何本もの物干し竿《ざお》にシーツと浴衣《ゆかた》が干してあった。

私には、浴衣の数だけのお客が母屋《おもや》に出入りしているとは信じられなかった。

いつもひっそりしていた。

ちゃきちゃきと歯切れのいい背の高いおばさんと、市役所にオートバイに乗って勤めに行くほとんど物を言わないご主人と、二人の娘と大学生の息子がいたが、私には連れ込み宿という大胆な商売をする家族にはとても思えなかった。

雨の降った日だった。

「ちょっと、店番していてくれる」とおばさんが、両手を頭の上にのっけて雨をよけながらドアの外で言った。

私は胸がドキドキした。

私は母屋の玄関の脇の茶の間に連れて行かれた。初めて大家さんの家に上がった。

「警察に呼ばれちゃってね。うちの扇風機が質屋から出てきたんだって。警察が知らせてくれるまで気がつかなかったのよ。調べてみたら、二階の部屋の扇風機、全部なくなってるのよ。六個とも。いつだったか誰だかわかんないわねェ。二階から公園にロープで下ろしたのね。お客が来たらね、ここに全部用意してあるから、お茶運んで、それだけでいいんだから」

私は茶の間でじいっとして待っていた。

お客が来たら困ると思い、来なかったらつまらないと思った。

一組だけお客が来た。緊張していたのは私だけではなかった。

若い、まだ二十になったばかりのようなスマートでない男と、ぷっくり太って田舎に四人も五人も小さい兄弟がいるような若い女がいた。二人とも真っ赤になって下を見たままもじもじしていた。

私は上ずって「初めてですか」と聞いてしまった。若い男は直立不動のまま「は、はじめてです」と言った。

私は二階にかけ上がり、一番奥の部屋の襖《ふすま》を開けた。

二枚並べてある布団《ふとん》で、私の目はいっぱいになった。六畳の部屋のその布団の脇に小さなチャブ台があった。

私は大急ぎで魔法びんをぶら下げ、茶わんと急須《きゅうす》がのせてあるお盆を持って戻り、襖の外から「お茶ここです」と叫んだ。

その日から私は母屋の茶の間に遊びに行くようになった。

水曜日の午後三時頃、決まって茶の間にいる人がいた。私の母と同じくらいの年の女の人で、どたっと座っていた。

丸くて太った顔に化粧をしていて、その人がいると茶の間は白粉《おしろい》くさかった。

しばらくすると印半纏《しるしばんてん》を着たごま塩の頭を短くかった六十くらいの人が来る。私はその人の後姿しか見たことがない。

「ほらほら、いい人だよ」と大家さんのおばさんが言うと、太ったおしりを「よっこらしょ」とゆらしながらその人は茶の間を出て行った。

後姿が母に似ていた。何だか生あったかい風がべったり吹きつけてくるような気がした。

階段がギッシ、ギッシとゆっくりきしんだ。

ある日その人がまたいた。

その人は着物の帯をしめていなかった。

かき合わせているだけだった。

大家さんのおばさんが席を立って、洗濯物《せんたくもの》をとり込みに行った。

「あんた子供産まないの」私はそういう話題が嫌だった。何と答えたか覚えていない。

「女は子供を産まなくっちゃね」

「おばさんは？」

おばさんは答えなかった。

そして私の手をさわった。

「きれいな手している」

太って短い指だった。見た目はごつい手なのにふにゃふにゃ柔らかかった。

その指に真珠の指輪がはまっていた。

おばさんは突然その指輪を引き抜くと「これあげる。本物なんだから」その人は、私の薬指に指輪をおし込んだ。

私は驚いた。

「困るよ、こんな高いもの」

「いいのよ、あげるんだから」

その時大家さんのおばさんが戻ってきた。

「困るわ。私に指輪くれるって」

私は笑いながら、おばさんに助けを求めた。

「もらっておきなさい」おばさんは命令するように言った。

その人はふにゃふにゃと柔らかい手で私の手を包みこんでいた。

玄関がガラガラとあいた。

「ほらほら」大家さんのおばさんが言った。

「よっこらしょ」その人は着物の前をかき合わせながらゆっくり立ち上がった。

着物のすそが少したたみをひきずっていた。

ギシッギシッと階段が鳴った。

「ありがとう」私は茶の間で叫んだ。

「もらっておきなさい」おばさんはもう一度命令するように言った。

「あんたのこと好きなんだって。似てるんだって」

「誰に？」

おばさんは答えなかった。

本物だと困ると思いながら、私は指輪のはまった手をそらしてながめた。
東京オリンピックのマラソンを私はその茶の間で観《み》た。

私はそう思うの

目の前に二つのおしりがあった。一つはグレーのタイトスカートでもう一つは黒と白のたて縞《じま》で、実に見事な仕立てだった。私は一年中デニムのブカブカのスカートをはいていた。私は二つのおしりから目が離せなかった。

二つのおしりは冬になると黒いオーバーを着た。そのオーバーにはボタンがなかった。一つは肩が大きく張り、もう一つはウエストがきゅうっとしまっていた。

二人は時々その素晴らしい洋服を仕立てる洋服屋さんの話をしていた。

「何しろ、うるさいのよ。芸術家なんだから」

「一着分の布地でコートとスカートを作ってしまうのよ」

「ポケットとボタン穴はつけないの。形がくずれるんだって」

学生の分際で洋服をあつらえる家庭というものには私は無縁だったが、働くようになったらいつかその仕立屋さんに洋服を作ってもらおうと思った。悲願に近かったかもしれない。

卒業して六年目だった。私はオーバーを作りたいから、洋服屋さんに紹介してくれるようにたのんだ。友達は団地の一軒に私を連れて行った。

ごたごたと物がつみ重なっている中に、その人はいた。小柄《こがら》でコロコロ太って、ぼさぼさの髪の毛にタオルではち巻きをしていた。スカートをはいていたが、よく見ると筒になっているジャージーを切りっぱなしにして、すそもかがっていなかった。それを腰のところにひもでしばってあった。

「私ね、誰のお洋服でも作るというわけにはいかないの。だってそうでしょ。その人の生活が見えなければ、イメージがわかないの、私はその人でなければ着られないものしか作れないから」小さな子供が二人、うろちょろ走りまわるなかで、その人は私の顔を見すえた。

出来あがった私の黒いオーバーは、大きなフードがついていた。外国のお坊さんの洋服についているようなフードは肩にたっぷりとたれ、深い打ち合わせで、前が二重になっていた。裏地が厚い絹地だったから、本当にあたたかかった。そして何よりも品格があって、美しい形で着やすかった。

その大きなフードがついた黒いコートを着ると私がドラマチックにさえ見えた。

一冬過ごしたドイツの街で、私はそのコートを何度も見知らぬ人にほめられた。

そのコートが出来るまで、電話で何時間も、ヤマモトさんは、私を確認した。私がヤマモトさんの芸術的信念を信頼するまで。何度も何度も、それから念入りな仮縫い。誰のコートよりもあたたかく立派なコートはほとんど流行を越えて、新しく美しい造型だった。

それから私は、デンマークで買った布地で夏のワンピースを作ってもらった。縫い目が一つしかなく、ひろげると大きな円になったが、どうして一本の縫い目で洋服が出来あがるのか今でもわからない。

スーツを作ってもらおうと思って持っていった布地は、出来あがるとコートとスカートになっていた。

「コートがお似合いになるから」

ギャバジンの布地でワンピースを作ってもらおうと思うと、出来あがったのはマントだった。「一度こういうマントを作りたかったの。後ろのフレアーの線がどうしてもあなたにしか着ていただけないのよ」

絹のコートは顔が半分かくれる高いえりがついていて、袖《そで》は半円になっていて、縫い目がなかった。それをしまうとき、私はえりが折れないようにおもちゃ屋から大きなピンクのボールを買ってきて、えりの真ん中につめた。

ヤマモトさんはいかなる妥協もゆるさなかった。信じているものをがむしゃらに押し進めた。意見がくい違うと不機嫌《ふきげん》になった。世の中は少しずつ、いやもしかしたら急速に変わっていった。

ヤマモトさんの洋服は、堅苦しく堂々とし過ぎていたが、彼女は世の中をなぎ倒そうとしていた。世の中は安い洋服を着捨てたし、ＴＰＯはなくなっていった。ヤマモトさんは電話で何時間も怒りをぶちまけ、「本物」は不変であることを熱く語った。私は少し疲れてきた。

スーツを作ってもらうつもりの布地はコートになり、その半分でタキシードを作るというのをそのままにして、私は街にあふれ出した安い軽いものに流れてゆき、洋服を大げさに考える生活とは別の生活になっていった。

私は時々、ヤマモトさんの欠けた前歯のことを思い出し、ご主人のランニングを着てミシンをかけている太った後ろ姿が見えることがあった。ほとんど十年の歳月が流れた。

私はもう洋服のことを考えるのがめんどうになった。買いにゆくのも、あふれ出るおびただしいデザインを選択するエネルギーも失われていた。私はヤマモトさんに一つだけパターンを考えてもらって、布地だけ変えて一年中同じものを着ていようと思った。

十年ぶりに逢《あ》ったヤマモトさんは、十年の歳月が無かったように若々しかった。ウロチョロしていた子供は大学を卒業していた。ボディーに出来あがった洋服が着せてあった。すっきりとボタンもポケットもなく美しかったが、流行を越えて昔のままだった。

私の提案をヤマモトさんは一しゅうした。「お洋服はそういうものではないわ。同じ型紙で、違う布地で作るなんてこと、私にはできないわ」ヤマモトさんは積んであったヴォーグをひらいて、「これ見て、肩の線がきれいよねェー」たしかにきれいな線だった。しかし、そのヴォーグは十年も前のヴォーグだった。その肩の線は永遠に美しいだろう。話の中で私は三宅一生という名前を出した。「誰、それ。私知らないわ」ヤマモトさんは激しい語調で私に挑《いど》みかかった。

「流行と本物は関係ないの。私はそう思うの。だってそうでしょう」

そうかもしれない。私は十年前のヤマモトさんのコートを着ている。ヤマモトさんが最もいやがるくずした着方で、ボタン一つの一ミリの狂いも許さない打ち合わせを外して太いベルトをしめて。

どこもいたまず、どこも型くずれしない堂々としたコートを、私は一生着るだろう。

オタジマさんはサムライです

アンジェリカは十九歳の大女だった。銀髪に近い金色の髪の毛を綿菓子のようにふくらませて、淡い色のオーガンジーのリボンをいつもつけていた。金色の煙のような髪の毛をしているのに、ストッキングの下で真っ黒なすねの毛が台風に打たれた草むらのように茂って倒れていた。すみれ色の瞳《ひとみ》のまわりを黒々とマスカラをぬり、小さめの唇《くちびる》に口紅をていねいに少しはみ出させて塗っていた。

アンジェリカは、私の友人が教師をしているベルリン大学の日本語学科の生徒で、私の友人は彼女を私に紹介する時「とても優秀」と言いかけて、「とても熱心」と言い換えた。アンジェリカは百八十センチ以上ある身体《からだ》を折りまげて、二十九歳の私を保護しようとした。

私はいつも顔を空に向けて、アンジェリカの遠くから聞こえてくる鈴の音のような澄んだ声を聞いた。

「母と私はあなたを招待します。どうぞおいでください」

招待されたアンジェリカの部屋は、二つのベッドでいっぱいになっていた。その一つにアンジェリカの母親は寝ていた。アンジェリカの母親は腎臓《じんぞう》病で、一日中そのベッドに寝たきりだった。アンジェリカの母親はきれいに化粧して、赤いブラウスを着て光るネックレスをつけていた。そして、上半身をベッドに起こし、ていねいにマニキュアされた手で私と握手した。

「母が心配するでしょう」「母の食事の仕度をしなくてはなりません」「母に相談しなければなりません」「きっと母が喜ぶでしょう」「母は好きではないでしょう」

私の友人は「二十にもなってあのマザコンは少し変だぜ」と言った。私はたびたびアンジェリカの部屋によばれた。母親はいつもきれいに化粧していた。日本語を勉強しているアンジェリカは私と日本語で話をし、二人の日本語を聞いている母親は「二羽の小鳥の歌のようだ」と優しい目でアンジェリカを見た。

アンジェリカは母親のどんな小さな表情や身ぶりにも反応し、その真剣さは胸のつまるものがあった。私は、自分の一番大切な人が病気になっても彼女ほど十全な心づかいはできないだろうと思った。

アンジェリカの母親は古い写真を見せてくれたことがある。アンジェリカの母親は映画女優だった。子役時代のブロマイドもあった。有名な女優だったかどうかは知らない。娘の時の写真はどこもアンジェリカに似ていなかった。

母親はベッドから立ち上がってトイレに行った。ふとんでかくれていた下半身は、何も身につけていなかった。上半身だけで客をもてなしていたのだ。

アンジェリカの東洋および日本に対する興味と熱意は私には異常に思えた。ミズノさんという恋人がいたと言った。しかしミズノさんは日本に帰ってしまっていた。「ミズノさんはサムライでした」私は生まれてこのかたサムライのような日本の男など見たこともなかったので、「ミズノさん」はもしかしたら三船敏郎のような男だったのだろうかと考えた。そびえ立つアンジェリカよりもさらに大男だったのだろうか。

ある日アンジェリカは私の部屋で泣いた。

「母は、だんだん病気が悪くなります。去年は、バルコニーに座ってお茶とお菓子を食べることができました。今年は、もうバルコニーに出ることもできなくなりました」

アンジェリカのマスカラは目の周りから黒くとけて流れた。それを、私のベッドに座って、ひそやかにぬぐった。母親が「アンジェリカはとても内気でまるで日本人のようだ」と言っていたが、アンジェリカのようにもの静かな女の子はもう日本にもいなかったかもしれない。父親のいない母親と二人っきりのアンジェリカが、若い女の子らしく遊び歩いたり、けたたましく笑ったりしなかったのは、内気な性格のためだけだったのではなく、確かに近づいてくる母親の死への恐れだったのかもしれない。

死へ一歩ずつ近づいている母親はしかし、アンジェリカのような娘を持てたということは何と幸せなことだろうと私は考えた。アンジェリカは学校から真っすぐ母親の住む机もない小さな部屋に帰り、ベッドの上で日本語の辞書を引き、ひっそり暮らしていた。

ある時私は、友達のオタジマさんという人を紹介した。オタジマさんは四十をいくつかこえた地方の産業試験所のデザイナーで、一年の留学期間でベルリンに来ていた。財布の中に二人の子供と奥さんの写真を入れ、毎週水曜日に家族に手紙を出す、律義《りちぎ》を絵に描《か》いたような人だった。

オタジマさんはアンジェリカの部屋に招待され、アンジェリカにドイツ語を習うことになった。どれくらいそれが続いたのか知らない。ほんの二、三回だったのかもしれない。

「おれ、困るよ。おっかさんがすぐそばにいて、二人でじーっと俺見ているんだよ」

ある時アンジェリカは私に言った。

「オタジマさんはサムライです。素晴らしい」

アンジェリカは、オタジマさんに恋してしまったのだ。私はその時、ずい分長いこと黙っていたような気がする。オタジマさんはプレイボーイの真似《まね》ごとなどできる人ではない。アンジェリカが勝手にイマジネーションを創《つく》り出してしまっているのだ。私は長いこと黙ったあとでアンジェリカに聞いた。

「オタジマさんいくつだと思いますか」

「二十五くらいでしょう」

「日本人は本当に若く見えるのね。オタジマさんは四十過ぎで子供が二人います。とてもかわいい。写真見せてもらいましたか」

アンジェリカは黙って私の部屋を出て行った。

しばらくして私はアンジェリカの部屋に行った。母親が小さな女の子をなだめるように大きなアンジェリカは母親のベッドに座って泣いていた。母親はアンジェリカは私の顔を見ないで部屋を出て行った。アンジェリカの頭をなでていた。アンジェリカは私の顔を見ないで部屋を出て行った。

母親は私に言った。

「アンジェリカはとても内気で、ドイツ人の男の人とはうまくいかないだろう。男の人はみんなきれいな女の子が好きだ。私も醜い女の子はきらいだ」

アンジェリカの母親はヘイトということばを使った。その時のアンジェリカの母親は顔をゆがめ、その顔中でヘイトと表現していた。

「彼女は日本人と結婚するのがいいのだ。アンジェリカほど醜い女の子を私は知らない」

かつて美しかった人のあれほど汚い表情を私は見たことがなかった。

私はオタジマさんを二十五歳の独身のサムライのままアンジェリカのイマジネーションの中に淡く生かせ続けるべきだったのだろうかと、今でさえ胸が痛むのだ。

哲学の女・真っ白な女

銀座のデパートで、売り子のアルバイトをしたことがある。二十の冬だった。夜の九時まで開いている細長いデパートで、六時から三時間、スカーフのガラスケースの前に立ってスカーフを売った。

ただ立っていることが疲れるということを知り、初めの一週間は足がむくんで太くなった。私は片足を上げて、片方ずつ休めようとしたが、一本足はさらに疲れることになった。

そして慣れた。

私は熱心な売り手だった。

お客が立て込んでたくさん売れると私はほくほく喜んだが、別に私がもうかるわけではなかった。箱を包装紙にくるみリボンをかけるのも、必死に手早くきれいにしようとした。

スカーフ売り場に私といっしょに配属されたもう一人の女の子より、私ははるかによい店員だった。第一私は遅刻をしなかった。

彼女は、何度先輩が教えても包装紙はぐずぐずとくずれ、やり直すと紙はくしゃくしゃになり、先輩につきとばされて泣きそうになった。そしてほとんど毎日遅刻して来た。

あたふたと汗をかきながら売り場に走り込んできて、先輩に冷たい顔をされて身の置きどころがないのだ。

おまけに彼女は四六時中哲学をしていた。

少し閑《ひま》になると彼女は私の横に来て、突然「純粋に理性だけが成り立つと思う?」と言ったり、「歴史と時間は違うのよ」と言うのだ。彼女にとって、この世のことは目にも耳にも入ってこないようだった。

この世が突然スカーフを差し出したりすると、哲学を中断された彼女は必死にこの世と格闘するが、この世の包装紙は彼女の手にかかるとたちまちくしゃくしゃの紙くずに化してしまい、この世で行きくれている迷子のようになった。

「あの人、またいる」私は言った。

私のケースの前にもう六十に近いと思われる女がいる。顔を真っ白に白粉《おしろい》でぬって、二枚の真っ赤なバラの花びらをはりつけたような唇《くちびる》をしていた。その白い顔に造花をくっつけた黒い帽子をかぶり、帽子から黒いチュールが目の前まで下がっていた。レースの手袋をひざの上で組み合わせ、紫色の小花を散らしたウールのワンピースを着ていた。

首をのばして誰かをさがしているようであり、口はにっこり笑っている。

「どれ」哲学の女はその女を見たが、真っ白な女は彼女の目を通り過ぎてしまっているようだった。

「人間の究極の理想は何だと思う」

真っ白な女は誰かをさがしあてたように、大きくほほえんだ。そのほほえみの先をたどると若い男がいた。真っ白な女は若い男から目をそらさずに立ち上がった。そして若い男といっしょに歩き出した。

待ち合わせだったのか。

クリスマスが近づいて、売り場は忙しくなった。混み合って私はますます熱心な売り手になった。

哲学の女はそれでも遅刻してウロウロしていた。

どんなに忙しい日でも、すうーっと客が引いていく時間がある。気がつくとまた真っ白な女がベンチに座っていた。毛皮のコートを着ていた。首をのばしてにっこり笑っている。

「またいる、あの人」

私は哲学の女に言った。

哲学の女はちらっと真っ白い女を見たが、黙って一心不乱に哲学をしている。

真っ白な女は笑ったまま立ち上がった。

また待ち合わせなのか。立ち上がった女は背の高い男といっしょに歩き出した。

そしてしばらくすると戻ってきたのだ。

どうしたことなのだ。真っ白な女はまたベンチに座ると、にっこり笑って遠くを見ている。

「あの人、男あさりをしているのよ」私は哲学の女に言った。哲学の女は懸命に哲学に没入して私の言っていることが聞こえていない。

そして、また客が立て込み、私は真っ白な女を忘れた。

閉店の蛍《ほたる》の光が聞こえて、私たちはケースに白い布をかけた。

目の前のベンチには誰もいなかった。


哲学の女は事務室に呼ばれて行った。

戻ってきた彼女はいつもよりいっそう深く哲学しているように見えた。

「何だったの」

「遅刻しないように課長に説教された」

それからクリスマスイブがきた。スカーフはガラスのケースの上で、はなやかに入り乱れ、片づける間もないまま、私は包装紙にリボンをかけた。

人混みの向こうにちらっと真っ白な女が見えた。

私は女をゆっくりなど見ていられなかった。

次々に包装紙にリボンをかけた。

かがみ込んで客が指さすスカーフをとり出す時、ガラスケース越しのお客のオーバーの向こうに真っ白な女の脚が見えた。女は大きなリボンのついた黒いエナメルの靴をきちんと揃《そろ》えていた。
そして女を忘れ、私は次々にスカーフを包んだ。
蛍の光が鳴り出した。お客は引いていった。
私は、ぼおーっとするほど忙しさで興奮していた。ケースに布をかけようとして
私は目の前のベンチを見た。真っ白な女は座っていた。
ほとんど店内にお客はいなかった。
どのケースも白い布があわただしくかけられていた。
真っ白な女は座ったまま笑っていた。
女は私を見た。
女は首をかしげて私だけを見た。
二枚の真っ赤なバラの花びらが横ににゅうっと伸びた。
こんな笑顔を見たことがなかったと思い、私は引き込まれた。そして私も笑ったのだ。
女は立ち上がり、私に深々と頭を下げた。
そしてくるりと後向きになって歩き出した。

真っ白な女は出口に向かってゆっくり歩いていった。雨が降って外は暗かった。
女は見えなくなった。
私は身動きができなくなっていた。
「もう明日から来なくってていいって。首になったのよ」
哲学の女が私の横に来て言った。
私は夢からさめたように哲学の女を見た。
この人こんなに小さかったかしら。
この人こんなに太っていたかしら。
この人いったいいくつだろう。
この人これから先、どうして生きていくのだろう。

あー、やれやれ

「あなたきいて。健のふとん干そうと思ったらエロ本がびっしり敷いてあるのよう」「あはは、いいじゃん」「もう吐きそうになっちゃった」「どんなのよ」「『なんとか実話』とか『モンゼッ女子高生』とか。中学二年よ」「フツウじゃないの。それでどうしたの」「全部捨ててやった」「誰かから借りたもんだったら悪いんじゃないの」「知るか。エロ本みてるくせに昨夜なんか、私のふとんにもぐり込んできて、みち子だけずるいなんて、妹けとばして寝ちゃっているの。亭主が夜中に帰ってきて、『オヤオヤ実話ちゃん、今日はここでお休みで。可愛《かわい》いじゃないの』って笑ってるの。冗談じゃないよ」「あの子元気はつらつで、明るくていい男の子じゃん」「明るすぎて心配よ。とにかく授業中さわがしくって人の邪魔するって、学校に行くたんびに教師に言われて困っちゃう。その教師がね、夜電話をかけてきて、今六チャンネルでおまえとそっくりなやつが出てきてるから見ろって。私たちも見ていたんだけど、じゃがいもにたれ目をつけたような、いるだけで笑っちゃう子が出てきてね。本当そっくりなのよ。あの教師ももの好きだわね」「人に好かれるのも才能だわよ」「あの子、テストの点数より通信簿の方がいいのよ」「生涯人に好かれるんだよ」

十四歳の実話ちゃんは十八歳で九州の大学に入学して寮に入った。

「あー、やれやれ。顔見ないだけでも嬉《うれ》しくって笑えてきちゃう。あの図体《ずうたい》でかい勉強ぎらいをこの目で見ないっていい気分よう。それにしてもあの子には手間と金がかかったわァ。クモンから始まって、トレーニングペーパー、塾、何とかって通信添削。全部だめだったわねェ。それから哲学科の陰気な家庭教師、家へ来るとギター陰気にひいてちっとも帰らない人。知ってるでしょう。そして最後にあの東大生で柔道四段のシノハラ先生でしょ。シノハラなんて家へ来るなり、僕は高いですよ。高いなりの自信はありますからねってすごんだのよ。一年たったら、私机たたいて、え、これどういうわけです、先生が来てから数学3から2になったわけ教えてくださいってどなっていたわよ。親と家庭教師だけが暗い顔して、本人まあ明るいのよ。どこか欠落してるんじゃないかって、本当に心配したわよ。でもどうにかなるもんねェ。あの子の学校ほとんど地元の漁師の子なんだって。その中でひときわ地元っぽいんだって。東京から来たって言ったら、おまえ嘘《うそ》つくなって、誰も信用しないって喜んでたわ。すごく性《しょう》に合ってて張り切っているのね。あーやれやれ、体だけでも立派でよかったわァ。あーやれやれ」

初めての夏休みに一段とたくましくなって息子は帰ってきた。

「健帰ってきたわ。ふふふ」「嬉しい?」「まあネ。いまアルバイトやってるの。それがもうおっかしくって、ちょっと見においでよ」

私は一時間半かけて見にいった。

「これ全部やると二時間かかるんだぜ。おばさんの前でやってもただだもんな」

「練習練習」

彼はワンセット四十万円する教育器材と参考書を売り込むアルバイトを始めたのだ。

「まず子供を説得するの。こうやってね、この絵を見せるの。この絵は君のクラス。

こっちのピンクの方に並んでいるのはよく勉強わかる人、その隣はまあまあわかる人。こっちはもうわかんなくて、ホラ顔も蒼《あお》くて、ねている人もいるネ。君はどのへんかなってその子にきくんだよ。すると子供はこれとかって言うんだよね。おばさんどれにする？　ああここね、このへんの子はもうね、はっきり言って学校に勉強しにきても無駄《むだ》なんだよ。でも君、それでいいかい？　よくないって言うにきまっている。じゃあ、どうすればいいんだろう……。それでね、この××が君を助けることができるんだよねって次の頁《ページ》の説明に入る。毎日のつみ重ねが大切なんだ、勉強はつみ重ねなんだよね、わかるねってこうやるの」

母親も私もゲラゲラ笑い出してしまう。

「そうだったよね、健ちゃん、あっははは」

「これをここまでやると子供は、僕やりたいって言うんだよ。俺は全部の子供にやりますって言わせたぜ。すると今度は母親ね。お子さんはやりたいって言ってるんですよ、どうしましょうお母さん。それでも四十万円だからね、主人に相談しますってこうなる。俺が一番成績がいいの。東大とか一橋のやつら全然だめ。俺、三軒も家庭教師やってくれって言われちゃった。それからどこの家でも飯食っていけって言われる」「どうするの」「食ってきますよ。酒なんかも飲ませられちゃうぜ」「めんどくさい理屈言う親はいないの」「例えば」「この日本の学歴社会の矛盾とか、偏差値のヘイガイとか、教育の根本は何かとかさ」「思っていたとしても、一点でも点があがるってことの方に夢中だから、問題は金だけだよ。毎日十五分のつみ重ねでね、君東大も夢じゃないんだよ、そのうちおもしろくなって自然に一時間も二時間もやっちゃうようになる、勉強ってわかるとおもしろいんだよねって。もう俺口癖になっちゃった。俺もう一軒行ってこよう。おばさんなんかにやってやってソンしたソンした」

息子はパンフレットの入った袋を持ってとび出していった。

「いやあ、立派立派。説得力の天才だよ」「五分のつみ重ねがままならなかったあいつが十五分のつみ重ねって言うと、何だか変にリアリティーがあるんだよネ。不思議だわァ。あの子どこに出しても食っていけるわ。あなた、子供っておもしろいねェ。一時はどうなるかと思った。あー、やれやれ」

そして冬休みになった。

「健ちゃん帰って来た？」

「来たのよ。冬休みになって寮に電話したら、もういないのよ。そしたら大阪から電話かかって来て、アルバイトしているって。それで昨日、すごくおいしい手造りハム二本持って帰って来たの。先輩がアルバイト紹介してくれて、レストランで働いてたんだって。そのレストラン、野菜まで自家製で、健、とにかくあの体格じゃない。すぐ畑の係りになって、畑で鍬《くわ》振り回していたんだって。そしたら、変なじいさんが来て、俺にやらせろって言ったんだって。健はあんたみたいなじいさん無理だよってどなったんだけど、やらせろってしつこいから、やらせて、座ってじいさんが鍬ふるうの見ていたら、向こうから工場長が走って来て、真っ青な顔して、健をどなるんだって。お前、社長に働かせて、座って遊んでいるのかって。健びっくりしてね、知りませんでした。社長なら社長って言って下さいって困っちゃったらしいのよ。そしたら、社長がね、お前は声がでかいから、明日から大丸行ってハムを売れって言われたんだって。そのレストラン、ハムも手造りにしていてそれがすごくおいしいものだから、工場作って、ハム売るようになったのね。それで健、次の日からハム売り場に行ってね、〝苦節二十年ついに完成した手造りハム〟ってどなるんだって。苦節とついに完成ってところ特に大声出すんだって。バンバン売れて、健の売り場ごった返して売れるんだって。そしたらね、隣がマルダイハムの売り場でね、そのマルダイハムの売り場の男が健を呼んでね、お前あそこでいくらもらっているってきくんだって、答えたらね、うちはその倍出すから、明日からうちに来ないかって。先輩の義理がなかったらマルダイハムに行きたかったぜだってさ」

「健ちゃん、すごいわね。もう何の心配もないじゃん」

「みち子にあなた、小遣いまでやってるの。ふっふっふっ、子供って面白いわね」

惜しいことしたなあ

末の妹が生まれたのは私が十二歳のときだった。

私は新しく生まれてくる赤ん坊を心待ちした記憶はない。べつに積極的に嫌だとも思わなかった。

ただ、男か女かという好奇心だけがあった。

母は真夏の真昼に田んぼの中の小さな家で子供を産んだ。

女の子だった。

隣の部屋で待っていた父は、女と聞いて小さく舌打ちをして「女か」と言った。たて続けて二年、父と母は二人の男の子を失っていた。

次の日、前の田んぼに草とりに来た男の人が、田んぼの中から家の父に大きな声で「利一っちゃん、惜しいことをしたなあ」と言った。「女か」と小さく舌打ちした父に、私は父が小さな妹を可愛《かわい》がんないんじゃないかと不安になった。

十二歳も下に赤ん坊ができて、私は突然保護者の立場に立った。おしめを川に洗いにいくのは私の役目だった。川でおしめを洗うのは好きでなかった。何だか腹だたしかった。冬はなお嫌だった。

しかし、妹が泣けば私は反射的に背中に赤ん坊をくくりつけて、赤ん坊が寝ると、そっくり返りながら静かにふとんに着陸させる技術も身につけた。おむつの取り替えなどは片手で赤ん坊の両足をもち上げて、背中に手早くおしめをさし込むことも自然に覚えた。

私はどこに行くのにも妹を背中にくっつけていた。

私が高校生になったとき、妹は幼稚園だった。

雨が降ると、私はかさを持って妹を迎えに行った。学校を休んで行ったこともある。

天気がいい日でも、私は自分に時間があれば、幼稚園の門から妹が出てくるのを待った。妹は生まれたときから小柄《こがら》のまま、どこにいても一番小さかった。ひときわ小さい妹が、子供たちの中にまざって私の顔を見て笑う前に、私は笑っていた。

私にはもうひとりの妹と、弟がいたが、年の離れている妹だけ、「猫かわいがり」していた。

これは母が私に言ったのだからたぶん本当だろう。妹が幼稚園の学芸会で「赤ずきん」のおばあさんをやることになったとき、私は彼女は赤ずきんをやるべきだと不満だった。

赤ずきんをやった別の女の子よりも、妹のほうがずっと可愛いのにと思ったのである。

私は妹のセーターにちょうちょの刺しゅうをし、母が自分の紺のスカートをワンピースに仕立てたとき、胸にピンクの花のアップリケを二つつけた。私はそのワンピースを着た妹が何てよく似合う可愛い女の子かと誇らしかったのである。私を含めた三人の姉妹の中で、まちがいなく妹が一番美人だった。私は他人が妹のことを可愛いと言うとき当り前だと考えて、自慢たらしく思った。

私が上京したとき、妹はまだ小学生だった。ときおり帰省する私は、玄関からとび出してくる妹とガバッと抱き合った。妹は小柄のままだった。

私が結婚したとき、妹は小学校六年だった。新婚のとき私は家の近くの山の上にある、建ったばかりのホテルに泊まってみたくて泊まった。

　朝早く妹は家から一時間も山道をのぼって、私たちの部屋に入ってきた。初めて見るホテルのお風呂をめずらしがって、妹は素っ裸になってお風呂に入った。私たちがのぞいても嬉しがって笑っている妹は、私には幼稚園のときの妹と全然変わらなかった。

　そして私と夫の間に割り込んで、ぶらさがってきゃっきゃっと笑った。私はその妹が可愛くて仕方なかったが、夫に気を使って困ったもんだという目くばせをしたことを覚えている。


　その妹も三十六歳である。小柄のままで、若く見えるので、人妻になっても私の息子といっしょにいると、ときどき兄妹かと間違えられて、私はあんまりだと思うことがある。

　初めて妹と私を見る人は「えっ、本当に姉妹なの」と驚く。驚かなかった人はいない。そのあと必ず「全然似ていない」と言う。私はそのとき、妹が可愛らしいということよりも、自分がそんなに醜いのかと嫌である。そんなに驚いてくれないで欲しいと思う。

大人になって妹に言われたことがある。

「お姉ちゃんは、長女だから、妹の立場というものがわかっていない。だってお姉ちゃんに命令する人はお父さんとお母さんだけだったでしょ。私はそのうえに姉さん、兄さん、ミーコ姉さんの命令をきかなくちゃならなかったのよ」

私はぎょっとした。そのときまで考えたことがなかったのである。例えば私は「みかん持ってきて」とか、「○○しな」ということを当然自然に言っていた。そんなこと覚えてもいないのである。何で早く言ってくれなかったのか、悪かったと思ってももう間に合わないのである。

「それに、うちの父さんは何て人だったのかしら。おまえみたいな色の黒いやつはいないとか。お姉ちゃんだって、おまえは色が黒いから何着ても似合わないって言ったわ。すごく嫌だった」私はそれにも驚いた。

父は自分が「女か」と舌打ちをしたことなどなかったように、小さな妹をひざの中にすっぽりはめて「お前が生まれてきたとき、かの屋のたもっちゃんは『惜しいことしたなあ』と田んぼの中でどなりやがった。そんなことあるもんか」と妹のおかっぱ頭にあごをぐりぐり回しているのを何度も見た。

「だってお父さんがお酒飲むといつもおまえは○○町小町だって言っていたじゃない？　覚えていないの。家中でみんなあなたのこと美人だって思っていたわよ」

「えー、お父さんそんなこと言った？　全然覚えていない」

「父さん、みち子のことだって顔がぺちゃんこで洗面器みてえな野郎だって言っていたけど、色が白くて愛嬌《あいきょう》があるってすごく可愛がっていたじゃない。父さんひどいのは私によ。お前きりょうが悪いから手に職をつけておけってお経みたいに言っていたわよ。嫌な家系だねェ。自分がやられた嫌なことばっか覚えていてさ」

「お姉ちゃんすごく意地悪だったよ。私暗い部屋に入ると姉ちゃんの顔がプチプチの小さい点になって空中にうかんでいるの。それがすごいこわい顔しているのよ。私、子供のとき兄弟ノイローゼにかかっていたんだと思うわ」

スカートをけって歩きなさい

「あなた達は若いのです。スカートをけって歩きなさい」高校に入学した時、担任の光江先生は言った。入学した時だけではなく、実にたびたび、先生は「スカートをけって歩きなさい」と言った。

そう言われるとセーラー服を着た女学生はもじもじ身を動かして、少し笑った。先生は、覇気《はき》のない女学生にいらだっているように思えた。

スカートをけって歩きなさいと言う津田塾出身の英語の教師である先生は、たぶんもう五十歳は越えていたと思う。

校長や若い教師は入れ換わったが、光江先生は、決してこの学校からよその学校へ行ってしまうことはない、学校のシンボルのような先生だった。

小柄で、一年中黒いタイト・スカートに茶色いセーターとカーディガン、夏は衿《えり》のつまった白いシャツを着ていた。

髪の毛をひっつめてうしろでまとめていたが、その髪がかつらだという伝統的な噂《うわさ》があった。しかし誰も、それをたしかめたわけではない。

「今日は光江先生、ばかに頭がうしろにずれていたじゃん」とか「気がついた？先生よそ行きとふだん用と二つ持っているんだよ。参観日のはよそ行きだよ、少し色が茶色いと思わない」とか、こそこそ言ったが、私たちは心から先生を尊敬していた。

うすぼんやりした高校時代、私は光江先生だけがくっきり鮮明である。

「トルストイの『戦争と平和』を学生時代に読みました。机の前に座って夕方から読み始めました。読んで読んで読みまくり、気がついたら朝になっていました。学校は行きませんでした。それから、ずーっと座って読みました。伯父が一度様子を見にきました。私は振り返りもしませんでした。一日中読んで読んで読みまくりました。次の日の明け方、最後のページが終わりました」

ふーっと言ったのは生徒だった。

「若いってそういうことです」

しかし、私たちの中に先生のような若さでトルストイを読みまくる生徒はいなかったろうと思う。先生のいらだちのようなものを私は感じた。

私は先生が好きだった。

私が好きだと思っているのを先生も知って、先生に気に入られているような気さえしていた。図書館で、私が生かじりのサルトルとボーボワールの話などを生意気にしゃべったりするのを、先生が一緒になって相手になってくれたりすると、私はいっぱしの大人になったような気さえしたのだ。

私は先生のようになりたいと思っていた。知識と教養を身につけて、職業を持ちたいと思っていたのだ。

先生には大学の先生をしているご主人と、やはり津田塾に行った二人の娘さんがあることは知っていたが、先生の口からそれを聞いたわけではない。先生は「私」の生活のことは何一つ言ったことはない。

「公」と「私」とを毅然《きぜん》と分けていることが、私には知的な女の人の節度のように思えた。

私は、何の未練もなく高校を卒業して東京へ出て自分の生活に夢中になった。

大学に行っている時に、先生の家を訪ねたことがある。

大学で歴史を専攻した秀才の同級生と一緒に行った。先生はハンバーグとフライドポテトを一皿に盛りつけてごちそうしてくれた。

私は美術学校などという畑ちがいのところに行ったので、先生は「学問」をしている秀才とばかり話をしていたような気がする。「アルバイトで平凡社の百科事典の索引を作る仕事をしているんです最後に私の名前も出て」という友だちに先生は本当に嬉《うれ》しそうにしていた。私は何だかあせりのようなものを感じた。「今、シェークスピアを勉強し直しています。もう年を取るのがもったいなくて、もったいなくて」。先生は定年過ぎて、もう学校には行ってなかった。

結婚して、後にジッパーのある洋服を着る時、私はジッパーを亭主に引き上げさせた。そのたびに私は光江先生のことを思い出した。

「スカートをけって歩きなさい」という先生が「女の人は後にボタンのある洋服なんか着るものじゃありません。誰にボタンをとめてもらうのですか、旦那様《だんなさま》ですか。とんでもないことです」と言ったことがあるからだ。

私は亭主にジッパーを引き上げてもらう時、しみじみ結婚してよかったと思ったほどであるから、私は先生のことを亭主と笑い話にしたことさえある。

私が初めてドイツに行く飛行機に乗った時、突然先生のことを思い出した。英作文の時間に「将来の希望」という作文を書かされたことがあった。私は今「十年は夢のように過ぎた。私は今、アメリカに行く飛行機に乗っている。私は今や世界的なデザイナーである」

という作文を私は書いたのだ。

先生はそれを読み上げて、「このクラスの中で誰が一番早く飛行機に乗るようになるでしょう。皆さんがんばって下さい」と言ったことを思い出した。

世界的デザイナーなどにならなくても、ちょうど十年たって私は飛行機に乗っていた。私は飛行機に乗ったことを先生に報告したいような気がした。

それから子供を作り、私はずっと仕事をした。

私はふうっと先生のことを思い出すことがあった。

結婚して子供を育てて、ずっと職業を持ち続けた先生に、私はどこか自分を重ねて「私」の生活の部分を共感したいと思っていたのかもしれない。職業を持つことが今よりずっと困難だった時代をどんな風にしてのり切ったのだろう。

しかし私は、自分の生活にとりまぎれて行った。三十年が過ぎた。

思いがけなく高校の友だちにあった。

「光江先生も亡《な》くなったのよ。少し前に会いに行ったんだけど、もう八十近かったと思うんだけど、すごく元気でね。うーん、まだ勉強していたわよ。勉強はすればするほど難しいって。えらいわねェ。何の話だったかしら、年をとってから何が支えかって、家族か友だちかって。そしたら先生、間髪を入れず、『それは友だちです』って言い切ったのよ。ものすごく言い切ったから」

「それは、それほど素晴らしい友だちがいたってことなのかしら。それともご家族としっくりしていなかったのかしら」

「わかんないわねェ。先生、お家《うち》のこと何も言わなかったから」

お義母さんに気に入られちゃったもんで

「ほら見てごらん」タエ子さんはぷっくりした両手をぱっと広げて見せた。

「黄色いだら。みかん食べるからだよ。冬になると黄色くなるんだよ。足の裏も黄色いだよ。見たい？」

タエ子さんは机の下で、上ばきをぬいで、太った大きな体をよじってソックスを引き抜いた。

「ほれ」タエ子さんは紺のひだスカートの真ん中に足の裏をのっけた。

べったりと幅広な足の裏が手の平と同じ色をしている。「一晩に四十個は食べちゃうだよ。わたしばっかじゃないよ。よしえさんも房子さんも黄色いだよ。みかん山の子はみんな黄色いよ」「みかん山の人は食べあきて、もうみかんなんか食べないかと思った」「あきないよう。おいしいもの」

タエ子さんは幼稚園の女の子がそのまま高校生になったようなあどけない雰囲気《ふんいき》

があって、体が大きく太っているのが可愛《かわい》らしい感じがする。そして何よりもタエ子さんがいるだけであたりがぱあっと明るくなった。

いつも言葉の後が笑い声とまざって、笑い声と言葉の区別がつかなかった。

若い男の教師にあてられると、あごを引いて、大きな目でじいっと見て、低い声で笑った。私は初め、こびているのかと思ったが、五十過ぎのオールドミスの英語の教師にも同じように、甘ったるく笑いながら答えたし、黄色い足の裏を私に見せた時も、同じ顔をしている。

朝隣の席にどしんと座ると、同時に私に身体《からだ》をもたせかけて、「今日のお弁当おいも」と嬉しそうな声で笑う。昼休みになると、いそいそとアルミの弁当箱をあける。ごろんと二本さつまいもが入っていて、それを二つに折ると本当に幸せそうな顔をして食べた。

私は戦後の食糧難のさつまいもは忘れてしまいたいものだから、横目で見ると「食べる?」と半分に折ってさつまいもを目の前に持って来る。「いらない。嫌いだもん」「さつまいもはおばあちゃんがふかすとおいしいんだよ。何故《なぜ》だら? おばあちゃんこんなにちいさくなっちゃって、私毎日だっこしてあげる」

桜の花が咲いている池までクラスのみんなと遊びに行ったことがあった。私は木さえ見れば登りたくなる癖があるから、満開の桜の木にかけ上がってしまった。その時、タエ子さんは桜の木の下に立って私を見上げて笑っていた。そして突然両手を打って、「娘十八木に登る、下から見上げりゃ花ざかり」とうたってクックックッと笑った。

私はぎょっとした。タエ子さんの笑い声は、道路で工事をしている男の人が、道を歩いている女の子に下品なことを言って笑うのと同じように聞こえた。ぽっちゃりと可愛いタエ子さんは誰にこんな歌を教わったのだろう。

卒業する時、タエ子さんは写真館でとったポートレートを私にくれた。

父はそれを見て、「こりゃあ、愛嬌のある子だな。いい嫁さんになるぞ」私には、愛嬌のない私へのあてつけのように聞こえた。

私は高校生活に何の未練も感傷も残さずに東京へ出て来た。

初めての夏休みに私は家へ帰った。

久しぶりにタエ子さんに会った。タエ子さんが町にただ一軒の古いホテルのバーを会う場所に指定した。

私はホテルのバーなど入ったこともなくうす暗いので不安だった。タエ子さんが入って来た。うす暗いバーの入り口がぱあっと明るくなった。

タエ子さんは白い大きな花のようだった。

たっぷりギャザーの入った黒い水玉が散っている白いワンピースを着て、ハイヒールをはいていた。そしてきれいにパーマをかけて、くっきりと口紅を引いていた。この人こんなにきれいだったのだ。「あータエ子さんは就職して、社会人になったのだ、私はまだ学生だったんだ。この間まで同じセーラー服着ていたのに」私は洗いっ放しの顔とセーラー服を仕立て直したスカートをはいて、ソックスをぺったんこの靴《くつ》からはみ出させていた。

タエ子さんは三角のグラスにレモンが浮いているカクテルをのんだ。

「あなた、こんなところにしょっちゅう来るの」

化粧をしてもタエ子さんはあどけない女の子に見えた。クックックッとタエ子さんは笑った。ちっとも変わっていない。突然タエ子さんが「私処女だと思う?」と聞いたのだ。

私は何にも考えられなかった。

「そんなこと知らないよ」

そんな事考えたこともなく考えようとも思わなかった。

「課長さんがね。こんな小さな扇風機買ってくれた。お化粧する時汗かかないように」

私は、課長さんっていうものは、そんな事までしなくっちゃならないのか、大変だなあと思った。

「この間課長さんの家泊まりに行っちゃった。奥さんがお盆で実家に帰った時に」

タエ子さんはクックックッと笑いながら言った。お弁当にお芋をもって来た時と同じ顔をしていた。私は奥さんのいない課長さんの家にきっとおそうじに行ったんだろう、お勤めに出るとそんな事もしなくちゃいけないのか大変だなと思った。

「もう今年からみかん食べないことにする」

タエ子さんは両手をそろえて指をそらして言った。爪がきれいなピンク色にマニキュアされていた。

それから何年かたってクラス会があった。

私は大学を卒業して就職をし、結婚もしていた。

タエ子さんは和服を着て落ちついた若奥さんになっていた。タエ子さんは町で誰でも知っている古い商家にお嫁に行った。

「あなた、お見合い結婚だったの」

「十九の時だもん。お義母《かあ》さんに気に入られちゃったもんで。子供も二人いる」

「お姑《しゅうとめ》さんと一緒なの」

「お姑さんすごく可愛がってくれるもん」

クックックッとタエ子さんは笑った。何にも変わらない。幸せな若奥さん。タエ子さんがいるだけで家の中はぱあっと明るくなるのだろう。よくわからないけど、上等で高価そうな和服の袖《そで》から出ている手によく知らない大きな青い石がついている指輪をしていた。

タエ子さんは私に身体をもたせかけて、私の耳もとでささやいた。

「課長さんとまだ続いていると思う?」

あの何年も前の白いワンピースを着たタエ子さんはそういう事だったのか。

「まだ続いているのよ」タエ子さんはフフフフフと笑った。あたりがぱあっと明るくなった。

「大丈夫だったら」


久しぶりに電話した。

「やあ、元気？　フイッフイッ」とあなたの旦那はいつもと同じだった。

「私は元気、そちらはどうですか」私は全く型通りのあいさつをした。お変わりないのにきまっているのに、ごあいさつというものは無駄《むだ》なもんだと思った。

「俺は元気。俺は元気なんだけどね。のん子が入院したんだよフイッフイッ」

「いつ」「いや昨日」「何で」

私は、靴下もはかずに、玄関にかかっていたコートをつかんで車に乗った。

わたしはあなたの亭主が、どんな重大な時に対しても、フイッフイッと笑う事に感心していた。私はあのフイッフイッという笑い声を聞くと本当に安心する。

フイッフイッという声を聞きながら、これは大変だ、大変なんだと手や足が、フワフワしてしまった。

高速道路を走りながら、死んだらどうしよう、と思った。泪《なみだ》がだらだら出て来た。十九の時からつき合って来ていた。考えてみたら、あなたがいるのが当り前になっていた。別にとりたてて、熱烈な友達づき合いをして来たわけではない。

赤ん坊が生まれると、見に行って、少し手伝った。たのんだお寿司《すし》をあなたの枕もとで全部ひっくり返して、一つずつ拾って、並べ直して汚いお寿司を食べた。

子供を連れて、海へ行った。四歳のあなたの息子は、海べりに図鑑を持っていって、何でも調べたがった。「どうする？　あんなインテリ息子」あの頃、私達の子供の未来は光り輝く夢だった。

新聞紙の上に仁王《におう》立《だ》ちになった私の息子の足もとを見ると、黒川紀章の写真をふんづけていた。「ねえねえ、うちの子は黒川紀章をふみにじる建築家になるよ」わざわざ電話で報告して、げらげら笑った。たいしてもうからないのに、私達は仕事を続けていた。当り前だと思っていた。

あなたの家の中には大きなはた織り機が二つもあって、そのために天井が高くなっていた。家中で泊まりに行くと、屋根裏の夫婦の寝室は体を折らないと入れなかった。子供を子供部屋に入れて、二組の夫婦がめざしのように寝た。

四歳の図鑑息子は高校生になると、理屈をこねまわすようになった。大人三人を目の前にして、売春はどこが悪いか、子供がセックスするのは何故《なぜ》いけないのか追及されて、私達はおろおろした。夜中の二時になっていた。もう寝ようと誰かが言ったら、「ヒキョウ者、逃げるのか」とどなられた。

私の家は、ほとんど崩壊していた。

出張して帰って来た時、家の茶の間に、あなた達夫婦と、ミチコと私の亭主が、むずかしい顔をして円いテーブルを囲んでいた。あの時、あなた達が、むずかしい顔をして集まってくれなかったら、もっと事態は悪くなっていたにちがいない。ミチコは、「もうあんた、いいかげんにしてよ」と言ったけど、あなたとミチコは私の知らない間に隠密のように動きまわっていた。それから、私の息子が荒れ始めた。

私は、年がら年中、泣き声を出して電話をかけていた。その時、あなたも、夜中にとび出して行く下の息子の帰りを玄関にふとんを敷いて待っていた。

その息子もけろっとすがすがしい少年になってしまった。あなたの息子は、「帰ると玄関のおふくろをまたいで二階に行くの困っちゃったよ」と笑うようになって、馬鹿《ばか》みたいに心配したなあと思うけど、私達は、無我夢中で、一寸先の闇《やみ》ばかりだった。あなたは一度も息子を否定しなかった。徹底的に支持していた。そして、私と私の息子を否定しなかった。「大丈夫だったら」という声を聞きたいために、私は電話した。そして本当に大丈夫だったね。あなたは二軒目の店をデパートに出そうとしていた。

徹夜して、時々ひっくり返っていたのを知ったのは、ずっとあとだった。

病院にとび込んで行った時、あなたは落ち着いて、店のことを心配していた。ああ大丈夫だった。少し休めば回復するだろうと思った。次の日から、人工呼吸器をつけて、ほとんど動けなくなった。初めて聞く病名だった。

もう四カ月になる、一進一退を続けて、あなたはまだベッドにいる。

夜中にあなたをまたいだ息子があなたの爪を切っている。「ヒキョウ者逃げるのか」と叫んだ息子は病院から学校に通っている。夜遅く病室に行ったら、オレンジ色の暗い電気の下で、フイッフイッフイッと笑う旦那が本を読んでいた。

その横のベッドであなたは静かに眠っていた。シャルダンの静物画のようだった。

私はあなたが、講談社の裏の路地にいつもいると思っていれば安心だった。

あそこにいけばあなたがいると当り前のことを安心していた。

どんなに安心だったか、二十何年以上気がつかない程だった。

入院費用のことを考えると気が遠くなりそうだった。「お金がないわア」は合言葉で私達は、元気に仕事をしていた。

店の経理を旦那と息子が調べて、あきれていた。二人ともフイッフイッと笑っていた。

「たくわえが、一番大切ねェ」と言った人もいた。「病気になる程働いて馬鹿ねェ」と言った人もいた。

病気になる程働いて馬鹿だと思わない。死ぬ程働いたあなたを、いいじゃないかとミチコも私も思っている。

苦労も貧乏もすればいい。でも、いて欲しい。いるだけで、私達は生きてこられた。一番困った時に私を救ったものは、貯《たくわ》えではなかった。「大丈夫だったらァ」と、あの家の床であなたが言ってくれたことだった。

ミチコにも私にもあなたにもめざましい人生の出来事はなかったかも知れない。ごく普通の当り前なことだけを生きてきた。「大丈夫だったらァ」が、一千万、一億の貯えよりも、私達を生かして来た。

このドジで強情っぱりで好き勝手ばっかりする私だって、いるだけでいいんだと私は思っている。私があなたと、ミチコやトモコを置いて、多摩の桜の枝に首をぶらさげて、アバヨと行ってしまったら、あなたは、困ると思う。大事な亭主や息子を守るために、その外側に、馬鹿で口の悪い私達は必要なんだと思っている。純情で一本気で、楽天的で時々しっかり者で金勘定の下手なあなたが、いないと困るのよ。可哀想《かわいそう》なわたしやミチコやトモコのために、がんばって、よくなりなさい。

解説　人を信じていた人

酒井順子

本書に登場する人々は、おそらく篠山紀信さんを除いては、特別な有名人とか偉人というわけではないのだと思います。しかしそんな市井の人達が、どうしてこれほど面白いことを言ったりしたりしているのか、と私は思うのでした。

おそらく人は、佐野さんと交わることによって、自分のもっとも奥底にあるものを、さらけ出さずにはいられなくなったのではないでしょうか。特別な人でなくとも、そこから味わいや可笑《おか》しみが生まれてくる。

ではなぜ、そうなるのかと考えてみると、佐野さんは人というものを根本的に信じていたのではないか、という気がするのです。たとえば「でもいいの」における、なおみちゃん。彼女は自分の好きな男の子のお母さんである佐野さんからの信頼を感じていたからこそ、無垢な感情をむき出しにしたのではないでしょうか。そんな

彼女を見て、

「ああこんなに人なつっこい目をしちゃあだめなのに」

と、佐野さんは思う。やがてなおみちゃんは転校して、その後ヤンキーになってしまったけれど、それでも佐野さんは、なおみちゃんのことが好き。なおみちゃんはきっと、大人になってからも時折、佐野さんのことを思い出すことがあったのではないか。


「美空ひばりのためです」では、いかにも怪しい不動産屋に騙されて、大金を失ってしまったことが書かれています。かなり深刻な事態だというのに、その不動産屋が語った、美空ひばりに対する「ロマン」について、佐野さんは最後まで信じている。


はたまた「人をあやめちゃいけないよ」では、電車に乗ってきたヤクザ風の男に皆がかかわらないようにしているのに、佐野さんはつい、かかわってしまうのでした。

「ねえちゃん、人をあやめちゃいけないよ」

と言われたなら無視せずに、

「おじさん、そんなことしたことあるんですか」

と、訊ねているのです。

相手の外見だのバックグラウンドだのでは判断せず、ただ目の前の人が「人である」ということだけを見て、佐野さんは行動しています。その信頼が相手に伝わるから、心にスイッチが入って、面白い発言や行動を引き出しているのではないか。たとえ相手の「今」が信じられなくとも、佐野さんは「未来」を信じていたようにも思います。だからこそ少年時代に荒れていた息子さんのことも、ひたすら信じて、育てた。他人の子供が若い頃に変だったりひねくれていたりしていても、切り捨てることはない。

やがて彼等も立派な若者に育っていくわけですが、子供の頃に誰かに信じてもらうことができたという記憶は、彼等の中では大人になってもずっと、残ったのではないか。

本書には、再会のお話がいくつかあります。佐野さんが時を経て再会する昔の友人・知人達は皆、素敵な中年や素敵な老人になっているのでした。再会した人々の幸福そうな様子を記す筆致は、まるで美味しそうに熟した果物を愛《め》でるかのよう。

佐野さんは、時の経過を信じる人でありました。

しかし、誰かをそして何かを信じるというのは、実に難しいものです。昨今のJ－POPには、やたらと「信じる力」とか「信じる気持ちが大切」といった歌詞が出てきますが、「信じる」ということの意味が理解されないまま、耳障りの良い単語の一つとして濫用されているような気がする。

人を信じる才能というのは、「損をしたくない」「負けたくない」といった自分を保護する気持ちから自由になったところに、生まれるのだと思います。佐野さんはその点において、天賦の才に恵まれていたのではないか。私は佐野さんのエッセイを読む度に、「絶対に真似することは無理」と思うのですが、それは私が自分を大事にしたくてたまらない人間だからなのでしょう。

他者のことは信じるのに、自分のことはさほど信じていなさそうなのが、佐野さんの面白いところです。自分についてはとてもシニカルに見て、疑ってすらいるけれど、他人のことは無防備に信じる。その落差に私達は笑ったりじーんとしたりするのであって、佐野さんの文章は、軽々に「自分を信じ」がちなJ－POPの歌詞とは対極の位置にあるのです。

最後の章は、「大丈夫だったら」。病に倒れた、友達。その友達が言う「大丈夫だったらァ」が、「一千万、一億の貯えよりも、私達を生かして来た」。

そして、

「私はあなたが、講談社の裏の路地にいつもいると思っていれば安心だった」とも。

一億円の貯金よりも大切なのは、友の一言。目に見えないものを信じることができた佐野さんの言葉は、私にとってやはりお金に換え難いものであり、佐野さんの本もまた、「本棚にあると思うだけで安心」する存在なのでした。

（エッセイスト）

本書は一九八六年三月、冬芽社から単行本、一九九六年十二月、新潮文庫から『ラブ・イズ・ザ・ベスト』として刊行されたものを改題し、解説を加えたものです。

本文中、今日からみれば不適切と思われる表現がありますが、著者物故のためそのままとしました。

協力　オフィス・ジロチョー